임헌갑 연작소설
인도로 가는 동안

인도로 가는 동안
임헌갑ⓒ2013

초판 1쇄 인쇄 2013년 10월 15일
초판 1쇄 발행 2013년 10월 21일

지 은 이 임헌갑
펴 낸 이 임인규
펴 낸 곳 동화출판사/문학의문학
등록번호 제3-30호(1968.1.15)

주　　소 마포구 마포동 136-1 한신빌딩 1103호
전　　화 722-3588
팩　　스 722-3587

ISBN 978-89-431-0438-2   03810

* 책의 판권은 동화출판사에 있습니다.
* 값은 뒷면에 표기되어 있습니다.
* 잘못된 책은 구입하신 서점에서 바꾸어 드립니다.

임헌갑 연작소설

인도로
가는 동안

문학의
문학

| 작가의 말 |

　사람들이 종종 묻는다. 너에게 인도는 무엇인가? 내 안의 영혼이 속삭인다. 세상이 숲이라면 인도는 그 숲의 정령이 피워낸 가장 매혹적인 꽃이라고.
　1993년부터 내 몸과 마음은 대부분 인도에 있었다. 신들의 대지에서 보낸 20여 년의 세월이 그야말로 꿈속처럼 흘러갔다. 돌이켜보면 내 젊은 시절을 헌상한 무위도식과 몽유의 공간은 인도 저자거리와 히말라야 골짜기였던 셈이다.
　소설〈인도로 가는 동안〉은 그 과정에서 1년에 한두 편씩 아주 게으른 방식으로 씌어졌다. 그동안〈떠나는 자만이 인도를 꿈꿀 수 있다〉를 시작으로 주로 인도에 관한 글만 고집한 이유는 내가 경험한 이야기를 독자들과 나누고 그 뭉클한 삶의 풍경을 공유하려는 데 있었다. 이 소설이 사람들의 일상에 작은 영감이라도 불어넣을 수 있다면 더할 나위 없겠다.

요즘도 거의 매일 밤, 인도에 관한 꿈을 꾼다. 너무도 인간적인 신들과 신을 닮아 슬픈 사람들이 어우러진 서사가 일상처럼 익숙해진 때문이리라.

다시 인도로 돌아갈 때가 되었다. 어느덧 스물두 번째 인도행인 셈이다. 내겐 제2의 모국처럼 여겨지는 인도에서의 삶과 길 위에서 영감을 준 모든 친구들에게 고마운 마음을 전한다. 인도의 방식으로 말하자면 그들은 각자 아름답고 고귀한 사원의 다른 이름이었다.

사두, 사두, 사두!

2013년 10월

임헌갑

| 차 례 |

인도로 가는 동안 1 • 10
콜카타 연가 • 19
과부 마야 • 31
술나무 숲의 청년 자블루 • 41
소리꾼 도얄 • 49
인도로 가는 동안 2 • 58
여관 청소부 라쥬 • 67
미치광이 고르 켑바에 관한 보고서 • 76
강물은 어디에서 시작되는가 • 94
우리의 친구 라자 • 102
하이데라바드행 특급 기차 • 112
인도로 가는 동안 3 • 120
해변의 재봉사 조드리 • 131
사막의 여인 바드마 • 141
인도로 가는 동안 4 • 147
어떤 치한 • 177
람짓의 귀향 • 186
인도로 가는 동안 5 • 193
히말라야 마부 고팔 • 215

만일 그대가 깨닫기를 원한다면
항상 자기 자신에게 질문을 던져야 한다.
나는 누구인가,
나는 어디에서 왔으며,
어디로 가고 있는가에 대해
끝없이 통찰하면서 명상을 거듭해야 한다.
누구나 깨달을 순 있지만, 그렇다고 해서
누구나 깨달음을 얻을 수 있는 것은 아니다.

인도로 가는 동안

인도로 가는 동안 1

나마스테!

저는 콜카타의 택시 기사 라마나입니다. 인도에 오신 걸 환영합니다. 그런데 당신은 콜카타가 처음이 아니로군요. 우리 같은 택시 기사는 척, 보면 알지요. 우선 걸음걸이와 눈빛이 다르거든요. 당신처럼 공항에서 빠져나와 주변 풍경엔 눈길조차 주지 않은 채 여유와 확신에 찬 걸음걸이로 우리에게 곧장 다가오면 그게 처음이 아니라는 증거랍니다.

맙소사, 인도에 벌써 아홉 번째 들어오는 길이라고요? 그렇다면 당신은 저보다 인도에 대해 훨씬 많이 알고 있겠군요. 어쨌든 다시 오신 걸 환영해요. 초우링기 구역에 있는 국립 박물관 뒷골목으로 가실 거죠? 콜카타를 찾는 여행자들은 대부분 거기로 가거든요. 사실 당신처럼 자주 오는 사람을 태우는 건 택시 기사에겐 그리 반가운 일이 아니랍니다. 바가지를 씌우는 게 어렵기 때문이지요.

당신은 일본 사람이 아니면 한국 사람이겠군요. 콜카타 둠둠 공항에서 몽골리언 얼굴을 가진 여행자는 대부분 그 두 나라 사람들이니까요. 동북부 히말라야에 사는 마니뿌리족도 얼굴이 비슷하지만, 그들에겐 인도 사람 특유의 향료 냄새가 배어 있거든요.

저는 여기에서 30년 동안 택시 운전만 했답니다. 어려서부터 빌어먹을 놈의 콜카타를 한 번도 벗어난 적이 없지요. 아, 아닙니다. 아주 오래전, 어떤 바보 같은 손님을 태우고 타고르가 대학을 세운 산티니케탄에 한 차례 다녀온 적이 있었지요.

성자 라빈드라나트 타고르에게 축복을! 그 여자 손님은 동양인의 얼굴을 가진 미국인이었답니다. 특급기차로 두 시간 반이면 충분한 거리를 택시로 무려 아홉 시간 동안 달려가야 했지요. 그녀는 여기가 처음이어서 모든 게 두려웠던 모양입니다. 그러면서 어떻게 여기까지 올 생각을 했는지. 내게 거액의 요금을 지불했던 그 가엾은 분에게도 칼리 여신의 축복이 여전하기를!

콜카타는 사람들이 말하는 것처럼 지옥도 아니고 기쁨의 도시는 더욱 아니랍니다. 우리에게 콜카타는 그저 콜카타일 뿐입니다. 쯧쯧, 저놈의 소 떼는 경적 따위엔 꿈쩍도 않는다니까. 비켜라, 갈보 같은 게으름뱅이들! 엉덩이에 불벼락을 얻어맞기 전에 어서 비키지 못할까!

손님, 상스러운 말을 써서 죄송합니다. 하지만 잠시 후 퇴근 시간과 겹치면 저 소 떼와 자동차가 뒤엉켜 여길 빠져나가는 게 여간 힘든 게 아니거든요. 칼리 여신이 없었다면 여기는 진작 끝장났을 겁니다.

한번 생각해 보십시오. 한 도시에 무려 1천2백만 명을 상회하는 인구가 우글거리는 기적 같은 현실을. 콜카타는 교통수단만 해도 지상의 모든 탈것들을 모아 놓은 박물관을 연상케 합니다. 비행기, 지하철, 전차, 택시, 시내버스, 삼륜오토바이, 삼륜자전거, 마차, 인력거 등 없는 게 없어요. 그런데도 이 도시가 그런대로 굴러갈 수 있는 건 모두 칼리 여신의 덕분이랍니다.

당신이 사는 서울에도 천만 명이나 북적거리고 있다고요? 맙소사, 그 도시 사람들에게도 칼리 여신의 축복이 함께하기를! 손님, 조금만 참으세요. 내가 액셀러레이터를 아무리 힘껏 밟아도 세월보다 빠르게 달릴 순 없으니까. 그건 바람보다 빠른 속도로 달려 보았자 칼리 여신의 울타리를 벗어날 수 없는 것과 똑같은 이치랍니다.

콜카타 칼리 사원의 사제였다가 뼈를 깎는 수행 끝에 성자로 다시 태어난 스리 라마 크리슈나께서 말씀하셨지요. '밤엔 수많은 별을 볼 수 있지만 낮에는 눈에 띄지 않는다. 대낮에 별이 보이지 않는다는 이유로 그들이 사라졌다고 말할 수 있는가? 그대의 눈에 보이지 않는다고 해서 신이 없다고 말하지 말라!' 그분의 말처럼 믿음이 충만한 사람은 그만큼 큰 축복을 받게 마련이지요.

제가 수다스러운 철학자처럼 보인다구요? 그런 말은 세상에 나와 운전대를 잡은 후 처음 듣는 얘기로군요. 사실 전 변변한 초등학교조차 제대로 다니지 않았거든요. 저에겐 손님 같은 분을 만날 수 있는 택시가 훌륭한 교실이자 스승이었지요.

그래요, 전 30년 동안 줄곧 핸들을 잡고 운전석에 앉아서 세월을 보냈습니다. 여기서 온갖 이야기를 동냥하노라니 조금씩 세상 돌아가는 이치에도 눈이 열리더군요. 그러다가 삶에 대한 의문이 생기면 얼른 칼리 여신에게 달려가 기도를 올리곤 합니다.

그런데 당신은 무엇 때문에 인도에 자주 오시지요? 맙소사, 아버님이 인도에서 실종되었다고요? 정말 믿어지지 않는 얘기로군요. 부디 전생의 카르마로부터 그분이 자유로워지기를!

그렇다면 손님은 지금 인도에서 소식이 끊어진 아버지를 찾는 중이겠군요. 어쩌면 그분은 수행자가 되었을지도 모르지요. 우리나라엔 나이가 들면 가족을 부양하는 임무로부터 벗어나 숲이나 히말라야로 들어가 수행자가 되는 풍습이 있답니다. 우리는 그런 사람을 산야사라고 부릅니다. 저의 아버지도 막내아들인 제가 결혼하자 가족과 인연을 끊고 산으로 들어가셨지요.

인도에선 우리네 삶을 네 가지 단계로 구분한답니다. 어려서 스승님을 모시고 열심히 공부하는 단계인 브라마차리야, 가정과 사회 활동을 중시하는 단계인 그리하스타, 그걸 점차 정리하면서 삶의 진정한 목적을 향해 자신을 정비하는 단계인 바나프라스타, 마지막으로 숲이나 히말라야로 들어가 수행자가 되는 산야사가 바로 그것이지요.

믿어지지 않겠지만, 인도 대륙엔 8백만 명으로 추산되는 출가 수행자들이 흩어져 살고 있습니다. 저도 아이들이 모두 결혼하면 핸들을 내려놓고 히말라야로 들어갈 생각입니다. 히말라야 골짜기에서 요기yogi(힌두교 출가수행자)로 삶을 마치는 것이 이번 세상에서의 마지막 소망이기 때문이지요.

손님께서 아버님을 찾는 일은 결코 쉽지 않을 겁니다. 광활한 인도 대륙과 히말라야 골짜기를 샅샅이 뒤지려면 다섯 번쯤의 생애가 더 필요할 테니까요. 실제로 그분께서 수행자가 되었다면 굳이 찾지 않는 것이 좋을지도 모르겠군요. 예부터 수행자의 명상을 방해한 자는 그가 누구이든 신께서 저주를 내리기 때문이지요.

또 저놈의 데모 행렬! 정말이지 지독하게 할 일이 없는 작자들이에요. 우리는 저놈들의 말에 귀를 기울이지 않습니다. 그들이 외치는 변화라는 걸 믿지 않는 거지요. 당신은 어떻게 생각할지 모르지만, 인도 사람은 지상에 8백40만 종류의 삶이 있다고 믿습니다. 당신이나 저나 그 가운데 한 종류의 삶을 살아갈 따름이지요. 삶의 형태를 잠시 바꾸어 보았자 궁극적인 차이는 아무것도 없어요. 인간사에서 가장 중요한 사실은 어떤 변화가 오더라도 전생의 인연으로부터 자유로워질 수 없다는 사실이지요.

우리네 인생은 제가 30년 동안 굴린 자동차 바퀴보다 훨씬 많은 윤회를 거듭하면서 여기까지 온 거랍니다. 손님과 저의 만남도 그런 인연에서 비롯된 것일 테지요. 그거야말로 누구도 부정할 수 없는 진리가 아닌가 합니다.

저 역시 전생의 어떤 인연에 의해 택시 기사로 살아가도록 결정되어졌다는 사실을 부인하지 않습니다. 그러나 저놈들은 데모보다 칼리 여신에 의해 모든 게 결정된다는 사실을 모르는 바보입니다. 나 같으면 저런 소란을 피우느니 차라리 사원에 가서 기도를 올리겠어요.

제가 꿈이 없는 사람처럼 보이겠지만 천만의 말씀입니다. 저는 아내도 있고, 자식도 일곱이나 두었어요. 매월 두 차례씩 사원에 찾아가 꽃도 바치지요. 내세에 어떤 삶을 원하느냐고 물으셨나요? 인도에선 어린아이도 그처럼 어리석은 질문은 던지지 않지요. 우리는 출가 수행자가 되어 선업을 쌓으면서 밤낮으로 수행하면 고통스런 윤회로부터 벗어나 영원히 자유로워진다고 믿지요. 인생에서 그 이상의 축복이 있다면 어디 한번 말씀해 보세요.

이런, 저기 걸인들이 몰려오고 있군요. 귀찮으면 얼른 창문을 닫아 버리세요. 교통 체증이 생기는 곳이면 어디나 걸인들이 들끓게 마련이지요. 웨스트벵골에 가뭄이 들거나 홍수가 덮칠 때마다 콜카타는 시골에서 몰려온 뜨내기들로 몇 년씩 몸살을 앓곤 한답니다.

아, 그렇게 큰돈을 적선하다니 당신은 따뜻한 마음을 지닌 분이로군요. 콜카타의 모든 걸인에게 자선을 베풀 순 없겠지만, 그래도 자꾸만 선업을 쌓으세요. 당신에게 덕을 쌓을 기회를 주었으므로 저들도 분명히 축복받을 겁니다. 혹시 압니까? 전생에 당신이 저들로부터 물이라도 한 모금 얻어 마셨는지. 그게 인연의 법칙이지요.

혹시 방금 전, 걸인이 당신에게 두 손을 모으고 말한 '나마스테'라는 인사말이 무슨 뜻인지 알고 계신가요? 당신 내면의 신성에게 경의를 표한다는 말이지요. 그게 우리 인도 사람들의 인사법이랍니다. '헬로'나 '곤니찌와' 같은 인사말과 비교하면 그 품격부터 다르지요.

인도를 사랑한다고요? 헤헷, 그렇다면 두둑한 팁을 기대해도 좋겠군요. 저도 손님이 사랑하는 인도의 일부가 분명하니까. 그런데 당신 나라에선 어떤 인사말을 쓰나요? '안녕하세요'라는 말에도 우리처럼 깊은 뜻이 들어 있다면 좋겠네요.

어쨌든 콜카타를 마음껏 누리세요. 인도를 여행하는 동안 칼리 여신은 물론, 시바, 비슈누, 브라흐마, 락슈미, 가루다, 가네샤, 두르가, 인드라, 아그니, 바유, 수리야, 야마, 찬드라, 강가, 크리슈나 등 수많은 신들이 당신을 보살펴 줄 거예요. 그러니 아무리 측은

한 사람이나 사기꾼을 만나도 미워하지 마세요. 나무 한 그루, 바람 한 자락에도 자비를 베푸세요. 그들이 전생에 당신의 가족이었을 수도 있으니까.

이제 다 왔군요. 30루피나 팁으로 주시다니 당신은 정말 멋진 분이로군요. 잠깐, 귀 좀 빌려 주세요. 당신의 친절에 대한 답례로 비밀을 한 가지 말씀드리지요.

저는 다음 세상에 히말라야에서 마부로 태어날 거예요. 아침마다 내 말에 순례자를 태우고 칼리 여신의 남편, 시바가 계신 케다르나트 골짜기를 오르내리는 거지요. 30년 동안 손님들에게 바가지 씌운 죄를 용서받을 길은 그 방법밖에 없으니까.

당신은 제 말을 믿지 않는 눈치로군요. 제가 칼리 여신에게 드린 기도와 명상을 통해 깨달은 바에 의하면, 현세의 제 삶은 쉰다섯 살에 출가했다가 히말라야 작은 동굴에서 생을 마감하도록 결정되어졌답니다. 제가 다시 태어날 장소는 시바 신의 옷자락인 가우리쿤드라는 작은 마을이지요. 만일 우리가 그 골짜기에서 다시 만난다면 제 말에 공짜로 태워드리겠습니다.

안녕히 가세요, 손님! 칼리 여신의 축복이 언제나 당신과 함께하기를!

콜카타 연가

인력거꾼 라메스가 하루 일과를 마친 건 저녁 열 시가 조금 지나서였다. 그의 일터는 주로 콜카타 초우링기 구역의 국립 박물관 뒷골목이었다. 그는 여기서 15년째 인력거를 끄는 중이었다. 그 거리엔 재래시장과 배낭 여행자 숙소가 밀집해 있어서 늦은 밤에도 다른 구역보다 손님이 많았다.

오늘 라메스가 마지막으로 태운 손님은 외국에서 온 남자 여행자였다. 그 남자는 특별한 목적지 없이 한 시간 남짓 인력거 위에 앉아 있었다. 콜카타의 밤 풍경이 그의 호기심을 자극한 모양이었다.

라메스는 항상 즐거운 얼굴로 거리를 달렸다. 어차피 자신은 비천한 인력거꾼의 운명으로 태어났으며, 선업을 쌓으며 내세를 기약하지 않는 한 칼리 여신의 치맛자락을 부여잡고 사정해도 벗어날 수 없다는 걸 알기 때문이었다.

사실 콜카타에서만 운행되는 인력거는 델리나 바라나시 등 다른 도시에서 온 인도 사람에게도 경이의 대상이었다. 그것은 인구 1천2백만 명을 넘어선 이 도시가 그만큼 가난하다는 징표이기도 했다.

라메스는 영어가 유창하지 않았지만 그런대로 반쯤은 알아들을 수 있었다. 손님은 콜카타의 인력거꾼을 소재로 만든 영화 〈기쁨의 도시City of Joy〉에 관해, 그리고 이 도시의 매연과 가난에 대해 이따금 질문을 던지곤 했다. 라메스는 잠시 후 그 손님이 건네줄 두둑한 지폐를 떠올리며 밤길을 달렸다. 그는 대체로 내국인보다 외국 여행자들의 인심이 후한 편이며, 특히 오늘처럼 일정한 목적지 없이 여기저기를 기웃거리는 사람일수록 더욱 그렇다는 걸 경험을 통해 알고 있었다.

오늘은 운이 좋았다고 생각하며 신나게 달리던 라메스는 시간이 지나자 조금씩 초조해지기 시작했다. 그는 차량이 뒤엉킨 건널목 앞에 인력거를 세우고 시계탑을 올려다보았다. 시계 바늘은 이미 아홉 시 반을 넘어서고 있었다.

"이봐 친구, 나를 처음 태웠던 마리아 호텔을 기억하지? 이젠 돌아가도록 하세!"

마치 라메스의 심정을 알고 있다는 듯 손님이 말했다.

라메스는 그 말이 떨어지기 무섭게 방향을 돌려 밤길을 내달렸다. 몇 군데 찻집을 제외하곤 점포들이 대부분 문을 닫은 시각이었다. 그는 마리아 호텔 앞에 손님을 내려놓고 곧장 집으로 향했다.

서둘러 목욕을 마친 라메스는 콧노래를 부르며 새 옷으로 갈아입었다. 그는 머리에 코코넛 기름을 골고루 바른 다음 거울 앞에 서서 빗질을 했다. 지난해 인도 여행을 마치고 돌아가던 프랑스 여행자로부터 선물 받은 향수를 뿌리는 것도 잊지 않았다. 선반에 고이 모셔 두었던 반들반들한 구두를 꺼내 든 그는 다시 거울 앞에 섰다.

이제 라메스는 더 이상 맨발로 거리를 달리던 인력거꾼의 모습이 아니었다. 그는 영화배우처럼 멋진 표정으로 웃고 있는 거울 속의 남자를 흐뭇하게 바라보았다. 외출 준비를 마친 그는 마지막으로 낡은 사진 속의 칼리 여신에게 간절한 기도를 올렸다.

라메스는 대문을 나서기 전, 지난 일주일 동안 모아 둔 돈을 확인했다. 생활비를 제외하자 모두 5백 루피가 남았다. 아무리 목이 말라도 망고주스 한 잔 마시지 않고 쉴파를 떠올리며 아껴 두었던 돈이었다. 동료 인력거꾼은 그런 라메스를 두고 콜카타에서 가장 어리석은 녀석이라고 비난했지만 조금도 개의치 않았다.

멋진 신사로 변신한 라메스는 잠시 후 다른 인력거 위에 손님으로 버티고 앉아 있었다. 그는 쉴파 앞에서만큼은 당당한 신사의 모습이고 싶었다. 콜카타에서 가장 아름다운 그녀와 한 번이라도 눈을 마주치기 위해선 당연히 그래야만 했다.

라메스는 두둑한 호주머니에 손을 집어넣은 채 마음껏 돈의 감촉을 즐겼다. 그 정도 액수라면 맥주 두 병과 향료로 버무려 구워낸 탄두리치킨 한 접시를 주문할 수 있음은 물론, 파르바티 여신을 닮은 쉴파의 손에 2백 루피를 멋지게 쥐어 줄 수 있었다. 그 장면은 라메스가 국민배우 샤루칸을 떠올리며 낡은 거울 앞에서 수없이 연습했던, 여간 짜릿한 순간이 아닐 수 없었다.

그는 인력거 위에서 콧노래를 부르며 생각에 잠겼다. 쉴파에게 백 루피짜리 지폐 두 장을 한 번에 쥐어 줄까, 아니면 10루피로 바꿔 여러 차례에 걸쳐 주는 게 좋을까. 운이 좋다면 그녀의 부드러운 손목을 슬쩍 만져 볼 수도 있을 텐데. 라메스는 이내 고개를 저었다. 아니야, 10루피씩 건네면 그녀가 좀팽이 사내라고 생각할지 몰라. 차라리 백 루피씩 두 번에 걸쳐 건네주는 게 좋겠어. 그게 신사다운 행동이지. 그 후엔 모든 걸 칼리 여신에게 맡기는 거야. 일요일마다 사원에 찾아가 20루피씩 바쳤으니 내 소망을 모른 체하진 않겠지.

호주머니에서 돈을 꺼낸 라메스는 덜 구겨진 백 루피짜리 두 장을 따로 골라냈다. 쉴파에게 손때로 더러워진 지폐를 건네고 싶지 않아서였다. 벌써 3년째 계속되는 일이었고, 그 결과 저축이 한 푼도 없는 가난뱅이였지만, 라메스는 그런 자신에게 바보 같은 짓을 한다고 질책한 적은 없었다.

라메스는 분류한 돈을 각기 다른 호주머니에 넣으면서 말라리아에 걸린 사람처럼 흠칫, 몸을 떨었다. 그녀가 돈을 받으면서 보여 주던 미소가 떠오른 탓이었다. 정말이지 술집 무대에서 노래를 부르는 그녀 모습은 어떤 비유도 허용되지 않을 만큼 우아하고 아름다웠다.

이윽고 인력거에서 내린 라메스는 극장에 걸린 대형 포스터를 올려다보았다. 오래전, 인도 전역을 열광으로 들끓게 했던 영화 〈라자 힌두스타니〉가 향수를 자극하듯 다시 상영되고 있었다. 택시 기사와 부잣집 딸이 카스트라는 신분제도에 맞서 사랑을 쟁취하는 이야기를 다룬 러브스토리였는데, 어쩐지 인력거꾼인 자신과 쉴파의 이야기처럼 생각되어 이미 다섯 차례나 보았던 영화였다. 라메스는 뒷주머니에서 빗을 꺼내 들고 극장 앞 흐릿한 불빛 앞에서 헝클어진 머리카락을 매만졌다.

세상의 모든 남자를 포로로 만들어 버리겠다는 듯 여배우가 포스터 속에서 그를 향해 요염하게 웃었다. 라메스는 그녀를 향해 윙크를 던진 다음 흡족한 얼굴로 극장 옆 술집 입구로 들어섰다. 어두컴컴한 계단을 오르자 제복을 입은 두 명의 건장한 사내가 문 앞에 버티고 서 있었다.

"어이, 멋쟁이 친구! 오늘도 일주일 만에 여지없이 얼굴을 내미는군. 자넨 돈만 주면 뒷자리에 원숭이도 태워 준다지? 그런데 롤스로이스보다 멋지게 생긴 자네 인력거는 어디에 두고 오는 길인가?"

라메스는 사내들의 조롱에 부아가 치밀었지만 내색하지 않았다. 그들은 언제나 그런 방식으로 팁을 요구했다. 라메스는 빙그레 웃으며 따로 준비했던 10루피를 내밀었다.

"역시 자넨 멋진 친구야."

재빨리 돈을 가로챈 사내가 킬킬거리며 길을 터 주었다.

그러자 다른 사내가 뒤통수에 대고 비아냥거렸다.

"인력거꾼 주제에 술집 출입이라니, 자기 분수도 모르는 원숭이 자식!"

라메스는 짐짓 귀를 닫은 채 문을 밀고 안으로 들어섰다. 사내들을 상대해 봐야 아무런 소득이 없는 탓이었다.

흐린 조명 속의 술집 내부는 별천지처럼 보였다. 담배 연기가 뿌옇게 내려앉은 탁자 사이로 정장을 차려입은 종업원들이 분주하게 움직였다. 라메스는 무대 근처를 힐끗 살펴보았다. 마침 무대 앞쪽 테이블에 홀로 앉은 남자의 모습이 눈에 들어왔다. 라메스는 옷깃을 매만진 다음 그리로 다가갔다.

"죄송합니다만, 합석을 해도 괜찮을까요?"

남자는 엉덩이를 안쪽으로 옮기며 한쪽 자리를 내주었다. 그는 이미 반쯤 취한 것 같았다.

라메스는 맥주 두 병과 닭 요리 한 접시를 주문한 후 그 남자를 살펴보았다. 남자는 말쑥한 옷차림에도 불구하고 손바닥이 군데군데 터지고 갈라져 있었다. 라메스는 구두 속에 감춘 상처투성이 발을 들킨 것 같아 얼굴이 화끈거렸다.

라메스는 그 남자도 틀림없이 자신처럼 고단한 직업을 가졌으리라고 단정했다. 어쩌면 그 사람 역시 술집에 오기 위해 일주일 동안 구두쇠처럼 돈을 모았는지도 모를 일이었다. 그렇게 생각하자 갑자기 남자가 오랜 친구처럼 친근하게 여겨졌다.

라메스는 영화에서 본 우아한 동작을 떠올리며 천천히 맥주 한 잔을 들이켰다. 무대에선 인도 전통 악기와 서양 악기가 뒤섞인 연주에 맞추어 여자 가수가 노래를 부르고 있었다. 쉴파가 무대로 나오려면 30분쯤 더 기다려야 할 것 같았다. 합석한 남자도 빈 잔에 술을 채우며 시계를 들여다보았다.

남자와 눈이 마주치자 라메스는 얼른 오른손을 내밀었다.

"나는 라메스라고 합니다. 뉴마켓 거리에서 조그만 가게를 운영하는 장사꾼입니다."

그는 초면인 남자에게 자신을 차마 인력거꾼이라고 밝힐 수 없었다. 탁자 밑으로 갈라진 손바닥을 감추려던 남자가 마지못해 악수에 응했다.

"고탐입니다. 나는 호텔에서 주방장으로 일하고 있습니다."

"혹시 저 여자 가수 이름을 아십니까? 노래를 매우 잘하는군요."

"그렇군요. 하지만 쉴파에 비하면 저 가수는 원숭이가 먹다 버

콜카타 연가

린 바나나 껍질에 불과하지요. 내 사랑, 쉴파에 비하면 저건 노래라고 할 수도 없습니다."

라메스는 자신의 귀를 의심했다. 아무에게도 말하지 않고 비밀처럼 혼자 간직했던 쉴파라는 이름이 엉망으로 취한 남자 입에서 튀어나왔기 때문이었다. 특히 그가 주절거린 '내 사랑'이란 말이 칼끝처럼 가슴으로 파고들었다.

라메스는 짐짓 헛기침을 했다.

"그렇다면 고탐 씨는 쉴파 양의 노래를 들으려고 여기까지 오셨군요? 그 여자 노래 솜씨가 그렇게 대단한가요?"

고탐은 잠시 망설이다가 나직한 목소리로 단호하게 대답했다.

"그렇습니다. 세상에서 쉴파보다 아름다운 목소리를 가진 여자는 없으니까요. 그녀는 천계에서 내려온 여신이 분명합니다."

그는 갑자기 고탐의 태도가 역겹게 느껴졌다. 바보 같은 자식, 호텔 주방장은커녕 인력거 수리를 해 먹고 살아도 시원찮은 주제에. 라메스는 비록 소리 내어 말하지 않았지만 그의 면전에 저주라도 한 바가지 퍼붓고 싶은 심정이었다.

"나도 쉴파의 노래를 한번 듣고 싶군요. 우리 칼리 여신을 위해 잔을 비웁시다!"

라메스는 불편한 마음을 들키고 싶지 않아 단숨에 술을 들이켰다.

그동안 무대 위에서 가수들이 교체되고 있었다. 노래가 한 곡 끝날 때마다 술꾼들이 비틀거리며 걸어 나가 가수에게 지폐를 쥐어 주곤 했다.

"쉴파의 노래가 그 정도로 훌륭합니까?"

"여기서 노래하는 가수들이 모두 삼류인 것은 확실합니다. 한 번도 영화나 텔레비전에 출연한 적이 없으니까요. 그렇지만 쉴파는 머지않아 인도 전역에서 가장 유명한 가수가 될 겁니다. 그렇지 않다면 칼리 여신에게 돌을 던져도 좋아요."

고탐은 마땅히 그래야만 된다는 듯 어금니까지 질끈 깨무는 것이었다. 라메스는 그런 고탐이 쥐어박고 싶을 만큼 미웠지만, 들뜬 얼굴로 칼리 여신까지 들먹이는 그를 어느 정도 이해할 수 있을 것 같았다. 맥주는 이제 한 병밖에 남아 있지 않았다. 쉴파의 무대를 끝까지 보기 위해선 되도록 아껴서 마셔야 했다.

드디어 웅성대는 소리와 함께 쉴파가 나타났다. 두 남자는 고개를 빼 들고 그녀를 바라보았다. 무대에서 악사들이 악기를 조율하는 동안 쉴파는 고개를 숙인 채 조용히 앉아 있었다. 다른 곳에서 노래를 마치고 달려오느라 피곤한 모습이 역력했다. 라메스에겐 그런 쉴파가 한없이 측은하게 보였다.

잠시 후 웅장한 연주 소리와 함께 쉴파가 환한 미소를 머금고 무대 중앙으로 걸어 나왔다. 그녀의 목소리는 마비디 나뭇잎을 타넘는 봄바람처럼 감미로웠다. 술꾼 몇 명이 신명을 주체하지 못하고 좌석에서 일어나 춤을 추어 댔다.

쉴파가 두 번째 노래를 부르기 시작했다. 그녀가 눈웃음을 지으며 율동을 시작하자 노란색 사리 밑으로 드러난 허리와 배꼽이 요염하게 꿈틀거렸다. 술꾼들이 휘파람을 불며 춤사위에 화답하고 있었다. 라메스는 그녀에게 시선을 고정시킨 채 눈이 아플 정도로 잔뜩 힘을 실었다. 아주 짧은 순간이나마 눈길이라도 마주치고 싶어서였다.

드디어 쉴파가 마지막 노래를 부르자 술꾼들이 하나둘, 무대 주변으로 몰려들었다. 그들의 손엔 약속이나 한 듯 고액권 지폐가 서너 장씩 쥐어져 있었다. 그것은 멋진 노래에 감사를 표하는 콜카타 술꾼들의 오랜 전통이었다.

옆에 앉은 고탐이 백 루피짜리 지폐를 손에 들고 의기양양하게 자리에서 일어났다. 라메스도 얼른 고탐을 따라 일어섰다. 쉴파의 노래는 어느새 막바지로 치닫고 있었다.

라메스는 최대한 느린 동작으로 그녀에게 지폐를 내밀었다. 쉴파가 노래 도중 나비처럼 부드러운 동작으로 손을 내밀어 그것을 낚아챘다. 그는 더욱 천천히, 쉴파의 눈을 뚫어지게 바라보면서 마지막 한 장을 내밀었다. 그녀의 시선은 여전히 엉뚱한 곳을 겨냥하고 있었다. 라메스는 너무도 안타까운 나머지 술값을 지불하려고 다른 호주머니에 넣어 두었던 지폐까지 꺼내 들었다.

그런데 라메스의 손에서 지폐가 건네지는 찰나, 예기치 않은 기적이 일어났다. 쉴파가 요염하게 웃으며 악수를 청하듯 천천히 손을 내밀었던 것이다. 당황한 라메스는 엉겁결에 그녀의 팔목을 두 손으로 움켜잡았다.

갑자기 여기저기서 술꾼들의 환호성이 터져 나왔다. 그것은 라메스가 술집에 출입한 이후 처음으로 벌어진 일이었다. 그는 쉴파의 손을 가슴에 얹고 재빨리 칼리 여신에게 기도를 올렸다. 그 순간만큼은 이대로 죽어서 화석이 된다 해도 여한이 없을 것 같았다.

그러나 안타깝게도 라메스는 다음에 벌어진 상황을 전혀 기억할 수 없었다. 그야말로 꿈속처럼 어렴풋한 일이었지만 쉴파의 발에 입 맞추려고 무릎을 꿇는 순간, 거친 손아귀 몇 개가 자신의 뒷덜미를 낚아챈 것 같기는 했다.

자정이 한참 지난 시간, 라메스는 극장 옆 도로변에 병든 짐승처럼 버려져 있었다. 얼마 후 간신히 의식을 회복한 그는 전신주를 끌어안고 비틀거리며 일어섰다. 이미 거리엔 인력거 한 대 보이지 않았다. 그는 얼굴에 말라붙은 핏자국을 훔쳐 내며 두세 걸음 내딛다가 도로 땅바닥에 주저앉았다.

그때 어둠 속에서 라메스를 지켜보던 남자가 딸꾹질을 하며 다가왔다. 호텔 주방에서 일한다던 고탐이었다. 그의 손엔 반쯤 남은 술병이 쥐어져 있었다.

"이봐, 친구! 몸은 괜찮은가?"

라메스는 일그러진 얼굴로 고개를 끄덕였다.

"사실 나는 호텔 주방장이 아니라 구두 수선공일세. 아까 거짓말을 해서 미안했네."

"친구, 실은 나도 미천한 인력거꾼에 불과하다네."

"나도 그러리라고 짐작했지. 자네도 쉴파를 사랑했던 모양이군. 그렇지 않은가?"

"그렇지만……."

"어쨌든 자네는 지난밤 커다란 축복을 받았어. 그런 자네가 부럽기 짝이 없네. 내게 소원이 있다면 평생 동안 쉴파 구두를 공짜로 수선해 주는 거라네. 낡아 버린 구두 뒤축을 볼 때마다 가슴이 미어지더군."

"내 소원 역시 단 하루라도 인력거에 쉴파를 태우고 콜카타 시내를 마음껏 달려 보는 거라네. 내가 맨발로 거리를 달리는 동안 그녀가 노래를 불러 준다면 죽을 때까지 인력거꾼으로 살아도 좋아."

두 남자는 남은 술을 목구멍 깊숙이 흘려 넣었다. 라메스는 복받치는 설움을 참지 못하고 전신주 옆에서 끝내 어깨를 들썩였다. 간신히 딸꾹질이 멎은 고탐마저 덩달아 훌쩍거렸다. 어느덧 날이 밝는지 멀리서 첫길을 여는 전차의 경적이 아련하게 들려왔다.

그들은 서로를 부축하며 자리에서 일어섰다. 잠시 후 그들이 비틀거리며 사라진 골목에서 두 남자의 노랫소리가 들려왔다. 바로 몇 시간 전, 쉴파가 마지막으로 불렀던 '콜카타 연가'였다.

과부 마야

밤안개에 취한 듯 숨죽인 그믐달이 니르바나 호수를 희미하게 비추고 있었다. 자정이 막 지난 시각, 호숫가에 자리한 산탈 마을의 젊은 과부 마야는 울타리 밖에서 들려오는 수상쩍은 소리에 잠에서 깨어났다. 그 소리는 얼핏 대숲을 흔드는 바람처럼 여겨지기도 했지만 인기척이 분명했다.

마을 사람들은 이미 잠든 지 오래였다. 마야는 방문 쪽으로 돌아누운 채 숨을 죽였다. 아주 조심스럽게 이어지는 발걸음, 그리고 그 사람이 끌고 왔을 게 분명한 자전거 바퀴 소리가 잠깐씩 멈추었다가 다시 시작되곤 했다.

그 소리는 사립문을 향해 도둑처럼 다가오는 중이었다. 마야는 두려움을 떨쳐 내듯 살며시 가슴을 쓸어내렸다. 북소리처럼 한껏 달아오른 심장은 생각과 달리 좀처럼 잦아들지 않았다.

마야는 양쪽 귀를 최대한 쫑긋 세웠다. 그녀가 두려워하는 건 자전거와 함께 다가오는 어둠 속의 방문객이 아니었다. 그녀는 바람에 펄럭이는 촛불 소리까지 감지되는 산탈 마을의 깊은 정적이 두려웠다. 아니나 다를까, 자정의 인기척에 잠에서 깨어난 이웃집에서 두런대는 소리가 들려왔다. 그리고 얼마나 오랜 시간이 흘렀을까? 주위는 다시 깊은 침묵 속으로 빠져들었다. 어쩌면 심야의 방문객은 정적을 딛고 돌아갔는지도 모를 일이었다.
　긴장을 풀어내기 위해 마야는 길게 한숨을 토해 냈다. 그러나 다음 순간, 몸을 뒤척이던 그녀는 황급히 자리에서 일어났다. 사립문 근처에서 미세한 인기척이 들려왔기 때문이었다. 소리의 주인공은 아까보다 훨씬 조심스럽게 움직이는 듯했다.
　마야는 문고리를 움켜잡은 채 숨소리를 죽였다. 그녀는 마른침을 삼키며 정체불명의 소리를 기다렸다. 사립문을 통과한 발소리는 이윽고 방문 앞에서 살그머니 멈추었다.
　"마야! 나야, 라무라구!"
　어둠 속의 남자는 곧장 방문을 밀고 들어올 것처럼 다급하게 속삭였다.
　"쉬잇, 이웃집 사람들이 깨어나겠어."
　"잠시 후 니르바나 호숫가로 나와. 그 장소 알지?"
　"빨리 돌아가. 이웃에게 들키면 우린 맞아 죽는단 말이야."
　마야는 어둠 속에서 손을 내저었다. 이웃집에서 두런대는 소리가 다시 들려왔다. 그녀는 생각을 바꾸어 남자를 재빨리 방으로 끌어들인 후 마당으로 걸어 나왔다. 그믐달이 나뭇가지 사이로 비죽이 얼굴을 내밀고 있었다. 그녀는 밤의 정적을 깬 것이 바로 자신이라는 듯 신발을 끌면서 천천히 움직였다.

일부러 잔기침까지 해 가면서 마야는 마당 구석에 쪼그려 앉아 치마를 걷어 올렸다. 흐린 달빛 아래 어렴풋이 드러난 마야의 둥근 엉덩이가 갓 구워 낸 물 항아리처럼 단단하게 보였다. 문틈으로 밖을 내다보던 남자가 마른침을 삼켰다. 그녀의 오줌 누는 소리가 어둠 속으로 길게 이어졌다.

흠칫, 몸을 떤 마야는 고개를 젖히고 그믐달을 올려다보았다. 이제 옆집에선 더 이상 아무 소리도 들려오지 않았다.

"이제 됐어. 마을 사람들에게 들키지 않으려면 빨리 돌아가!"

"반드시 나와야 돼. 알았지?"

남자는 귓속말로 몇 번이나 다짐을 받은 후 방문을 나섰다. 마야는 문고리를 잡고 서서 그가 자전거를 끌고 사라지는 소리를 들었다. 얼마 후 주위가 고요해지자 그녀는 탈진한 듯 털썩 주저앉았다.

잠은 이미 멀리 달아나 버린 뒤였다. 마야는 헝클어진 머리를 매만지며 몇 해 전 갑자기 도시로 떠난 남편을 떠올렸다. 남편은 니르바나 호수에서 고기를 잡던 어부였다. 열일곱 살에 시집온 마야가 스무 살이 되던 해, 남편은 아무런 예고도 없이 그녀가 먹고살 방편도 마련해 주지 않은 채 이웃 마을 여자와 훌쩍 마을을 떠나 버렸다.

그녀는 니르바나 호숫가에 매어 둔 빈 배를 바라보며 한 해 두 해 남편을 기다렸다. 그것은 아이를 낳지 못한 마야가 세상에서 처음으로 맞닥뜨린 막막함이었다. 양자라도 하나쯤 들였다면 혼자 지내는 시간들이 그토록 캄캄하진 않았을 터였다. 그 후 남편에게선 오래도록 아무런 연락이 없었다. 도시에서 걸인이 되어 있더라는 말도 들려왔고, 크게 돈을 벌어 새 여자를 들였다는 풍문도 나돌았지만 그녀는 개의치 않았다.

그러던 어느 여름, 몬순과 함께 시작된 폭우를 견디지 못한 배가 물속으로 가라앉았다. 그녀는 배마저 삼켜 버린 호수를 바라보며 차라리 남편도 그 속으로 사라졌다고 마음먹었다.

니르바나 호수에 연꽃이 흐드러지게 피기 시작한 이듬해 봄밤, 마야는 곱게 몸을 단장을 하고 나들이에 나섰다. 라무는 그녀가 첫 외출에서 만난 이웃 마을 남자였다. 사실 그는 마야의 처지를 동정하던 남편의 어릴 적 친구이기도 했다. 라무에겐 이미 아내와 네 명의 아이가 있었지만 그건 중요한 일이 아니었다.

마야에겐 라무 말고도 몇 명의 남자가 더 있었다. 그녀는 더운 몸을 열고 한껏 달아오른 남자들의 아랫도리를 기꺼이 식혀 주곤 했다. 너무나 가난했던 마야는 그들이 쥐어 주는 지폐를 차마 거절할 수 없었다.

오늘따라 마야는 시집올 때 입었던 자주색 사리를 두르고 싶었다. 어둠 속을 더듬어 옷을 찾는 그녀의 손끝이 자신도 모르게 떨리고 있었다. 그녀는 불도 켜지 않은 채 허둥지둥 사리를 챙겨 입었다.

얼마 후 그녀가 호수 제방으로 올라서자 짙은 물비린내가 풍겨왔다. 어느새 그믐달이 살짝 기우는 중이었다. 그녀는 스무 걸음쯤 걷다가 발을 멈추고 귀를 기울였다. 어디선가 환청인 듯 북소리가 들려왔다. 그것은 마치 깊이를 알 수 없는 호수에서 들려오는 것처럼 잔뜩 물기를 머금고 있었다. 그녀는 몇 번이나 걸음을 멈추고 귀를 쫑긋 기울였다. 그럴 때마다 북소리는 어둠 속으로 사라졌다가 호수 깊은 곳으로부터 다시 시작되곤 했다.

마야는 뒤꿈치를 들고 걸음을 재촉했다. 공중을 걷듯 자꾸만 발이 헛디뎌졌다. 그렇게 빨래터 근처까지 다다른 그녀는 제방 밑으로 재빨리 몸을 굴렸다. 그녀는 잡초가 우거진 땅바닥에 납작 엎드린 채 숨을 죽였다. 제방 건너편에서 한 떼의 남자들이 걸어오고 있었다. 잔칫집에 놀러갔다 돌아오는 듯 그들의 웃음에서 술기운이 묻어 왔다.

마야는 필사적으로 몸뚱이를 움츠렸다. 만일 그들에게 발각된다면 봉변을 당하는 건 물론이려니와 부정한 여자로 낙인찍혀 마을에서 쫓겨날 수 있었다. 그건 상상도 하기 싫은 끔찍한 일이었다.

그녀는 연꽃이 다투어 피어나고, 저녁마다 온갖 새가 날아오르는 니르바나 호수를 사랑했다. 특히 호수 건너 반얀나무 숲을 배경으로 펼쳐지는 일몰 풍경은 한숨이 절로 나올 만큼 황홀한 것이었다. 그녀는 죽는 날까지 여기 산탈 마을에서 살고 싶었다. 그녀가 굳이 친정으로 돌아가는 걸 포기하고 여태까지 눌러 산 것도 실은 니르바나 호수 때문이었다.

남자들이 제방 너머로 완전히 사라지고 정적이 내려앉은 뒤에도 마야는 한참 더 엎드려 있었다. 그동안 시간이 얼마나 흘렀는지 짐작조차 되지 않았다.

"마야, 거기서 뭐해?"

"쉬잇, 조용히 해!"

"그러다가 동이 트겠어. 빨리 올라와."

마야는 라무가 내미는 손을 잡고 제방으로 올라섰다. 두 사람은 종종걸음으로 빨래터를 지나 잡초가 허리까지 우거진 숲으로 들어섰다. 우기엔 종종 물이 차오르는 곳이었지만 그녀는 어디가 마른 땅인지 훤히 알고 있었다.

얼마 후 걸음을 멈춘 라무가 손가락으로 어둠 속의 한 지점을 가리켰다. 마야는 어리둥절한 얼굴로 잠시 그를 올려다보았다.

"마야! 방갈로르에서 큰 사업을 하는 남자야. 굉장한 부자래. 자, 서둘러. 동이 트면 모두 끝장이란 말이야. 그리고 그 사람은……."

말을 멈춘 라무는 난감한 듯 발밑을 툭툭 걷어찼다.
"마야, 모든 게 칼리 여신의 뜻이겠지. 어서 가 봐!"
마야는 그의 손에 떠밀려 어둠 속으로 나아갔다.
그리 멀지 않은 곳에서 검은 물체 하나가 그녀를 기다리고 있었다. 그녀는 남자를 외면한 채 몸에 둘렀던 사리를 풀어 바닥에 깔고 그 위에 누웠다. 남자가 기다렸다는 듯 그녀 위로 올라왔다.
언제나 그랬듯이 마야는 질끈 눈을 감았다. 그녀는 부드러운 속살을 여는 한 송이 붉은 연꽃이었다. 꽃 대궁을 간질이는 물결에 그녀는 온몸이 부끄러웠다. 그녀는 호숫가에 정박한 한 척의 작은 배처럼 일렁였다. 남자가 노를 젓기 시작하자 배는 수초를 헤치고 미끄러지듯 앞으로 나아갔다. 그런데 남자의 몸놀림이 어딘지 익숙하게 다가왔다. 거친 숨소리와 땀 냄새 역시 낯설지 않았다.
마야는 아무래도 이상하다는 생각이 들어 실눈을 뜨고 남자를 쳐다보았다.
그 순간, 호수의 밑바닥 저 검은 심연으로부터 갑작스런 소용돌이가 일었다. 그것은 오랜 세월에 걸쳐 호수 밑바닥에 퇴적된 진흙의 입자를 몽땅 뒤집어 놓고도 남을 만큼 크고 거칠었다. 그녀는 어지러움을 견디지 못하고 눈을 감아 버렸다. 정말이지 그럴 수만 있다면 영원히 그 상태로 눈을 뜨고 싶지 않았다.
남자는 거친 물결에 대항하듯 격렬하게 노를 저었다. 그녀는 폭우가 쏟아지던 밤, 고깃배와 함께 호수로 가라앉지 못한 자신의 신세가 한스러웠다. 난파 직전의 작은 배처럼, 그녀는 남자의 노질에 위태롭게 흔들렸다. 배는 몇 차례나 호수 저편까지 건너갔다가 물길을 되짚어 돌아오곤 했다. 이윽고 남자가 노질을 멈추자 미명의 새벽이 밝아 오고 있었다.

마야는 무릎 사이로 고개를 처박고 흐느꼈다.

"당신에겐 여전히 자주색 사리가 어울리는구먼."

마야는 아무런 대답도 할 수 없었다. 남자가 온몸으로 감겨 오는 물기를 털어내듯 팔을 휘저으며 담배를 피워 물었다. 다른 날보다 훨씬 짙은 물안개였다.

두 개비의 담배를 더 피운 남자는 마을을 떠나던 날처럼, 끝내 아무런 말도 남기지 않고 어둠 속으로 사라졌다. 그가 떠난 자리엔 몇 다발의 고액권 지폐가 남겨져 있었다. 그녀가 평생 동안 일을 하지 않아도 될 만큼 넉넉한 액수였다.

자리에서 일어난 마야는 허둥대며 옷매무시를 고쳤다. 그녀는 푸르스름하게 밝아 오는 동쪽 하늘을 향해 두 손을 모았다. 기도를 마친 마야는 풀어진 눈으로 제방을 바라보았다. 부지런한 농부들이 새벽부터 일터로 향하고 있었다.

환청처럼, 빈 배가 가라앉은 니르바나 호수 밑바닥에서 다시 북소리가 들려왔다. 마야는 그 소리에 이끌리듯 허둥지둥 호수로 걸어 들어갔다. 마야의 허리춤으로 짙은 물안개가 끊임없이 달려

들었다.
 얼마 후 동이 트자 그녀가 사라진 물길을 따라 풀어진 지폐 다발이 둥둥 떠다니고 있었다. 그것은 아침 햇살을 받아 붉은 연꽃처럼 반짝거렸다.

술나무 숲의 청년 자블루

술나무 숲의 청년 자블루는 새들이 지저귀는 소리에 새벽잠에서 깨어났다. 그는 어둠 속에서 몸을 뒤척이다 습관처럼 옆자리를 더듬어 보았다. 안타까운 일이었지만 그의 손엔 아무것도 잡히지 않았다. 자블루는 입맛을 다시며 어두침침한 창문을 물끄러미 바라보았다.

문밖에선 아무런 기척도 들려오지 않았다. 열일곱 살의 어린 아내 밀라니는 지난밤에도 돌아오지 않은 게 분명했다. 그래서인지 오늘 새벽은 유난히 가슴이 허전했다.

자블루는 새처럼 가녀린 아내의 작은 몸집을 떠올리며 한참 동안 그대로 누워 있었다. 밀라니의 젖가슴은 아직 도톰하게 자라는 중이었다. 그래도 갓 시집왔던 작년에 비한다면 제법 뭉클하게 살이 오른 것 같기도 했다.

그녀가 한사코 보여 주지 않으려고 감추던 조그만 젖꼭지는 비릿하면서도 사탕수수처럼 달았다. 그것은 자블루가 세상에서 만져 본 것 가운데 가장 부드럽고 따뜻했다.

자블루 역시 한창 여물고 있는 열아홉 살의 건장하고 순박한 젊은이였다. 작년에 결혼한 그는 어린 아내를 매우 사랑했다. 아직 철이 없는 밀라니는 틈만 나면 친정으로 돌아가고 싶다고 투정을 부렸다. 그녀는 가족들이 보고 싶었다. 게다가 밤마다 잠을 깨우는 남편의 손이 징그러웠다. 그러던 어느 날, 밀라니는 허락도 받지 않고 슬그머니 친정으로 달아나 버렸다.

"자블루, 해가 중천으로 떠오르기 전에 어서 술을 따러 타리나무에 올라가야지!"

아침을 짓던 어머니가 부엌에서 그를 불렀다.

날이 밝아 오는지 문틈으로 햇빛이 스며들고 있었다. 자블루는 오늘따라 일이 내키지 않았다. 마당을 쓸던 어머니가 또 잔소리를 해 대고 있었다. 그는 마지못해 입맛을 다시며 자리에서 일어났다.

마당으로 나오자 술나무 울타리 너머 동쪽 대지로 붉은 태양이 막 이마를 내밀고 있었다. 수십 리 주변으로 산자락 하나 보이지 않는 넓고 광활한 벌판이었다. 해가 떠오르는 반대 방향으로 황톳길을 따라 세 시간쯤 걸어가면 철길이 나오고, 그 너머로 몇 개의 마을을 더 지나면 아내의 친정이 있을 터였다. 자블루는 실눈을 뜨고 꿈길처럼 아득히 풀어져 나간 황톳길을 한참 동안 살펴보았다. 멀리서 사탕수수를 잔뜩 실은 마차 한 대가 느릿느릿 다가오고 있었다.

자블루는 풀이 죽은 얼굴로 허리와 발목에 새끼줄을 칭칭 감았다. 그리고 집을 에워싸고 있는, 사람들이 타리나무라고 부르는 술나무 숲을 올려다보았다. 고개를 젖히고 쳐다봐야 할 정도로 곧게 뻗어 오른 나무마다 술항아리가 주렁주렁 매달려 있었다. 까마귀 몇 마리가 항아리에 머리를 처박고 목을 축이는 중이었다.

자블루는 심호흡을 한 다음 발에 감은 새끼줄을 이용해 술나무로 기어오르기 시작했다. 그의 동작은 원숭이처럼 민첩했다. 마을 인근에서 자블루처럼 술나무를 잘 타는 청년은 별로 없었다. 그가 결혼하던 날, 이웃 사람들이 밀라니 아버지에게 훌륭한 사위를 얻었다고 추켜세운 것도 실은 자블루의 나무 타는 솜씨 때문이었다.

어제 저녁에 매달아 두었던 항아리엔 향기로운 술이 가득 고여 있었다. 자블루는 첫 번째 항아리를 떼어 내 목을 축였다. 목젖을 타고 내려가는 아침의 타리주 맛은 더할 수 없이 신선했다.

허리에 술항아리를 매단 채 나무에서 내려온 자블루는 항상 그랬던 것처럼 어머니에게 한 잔 따라 올렸다.

"술맛이 어느 해보다 깊고 각별하구나. 절대로 사람들에게 물을 섞어 내놓지 말거라. 그들도 까마귀처럼 제대로 익은 타리주 맛을 즐길 권리가 있단다."

자블루는 퉁명스럽게 대답한 후 다른 나무로 기어올랐다. 보통 사람이라면 두 시간쯤 걸리는 일이었지만 그에겐 한 시간으로 충분했다. 그는 흙벽돌로 견고하게 지은 창고에 술항아리를 일렬로 저장한 다음 아침을 먹었다. 타리주는 시간이 지나면 저절로 발효되어 더욱 맛있는 술이 될 터였다.

어느새 태양은 지평선 위로 높이 솟아올라 대지를 달구고 있었다. 자블루는 황톳길에 눈길을 주다가 술나무 밑에서 잔뜩 웅크린 채 낮잠을 청했다.

"자블루, 손님이 왔다. 이제 그만 일어나야지!"

그는 자리에서 벌떡 일어나 눈을 비볐다. 자블루 앞엔 밀라니 대신 처음 보는 낯선 나그네가 후줄근한 옷차림으로 서 있었다. 자블루는 툴툴거리며 돌아서려다 나그네의 어깨에 매달린 악기를 힐끔 쳐다보았다.

나그네는 눈이 마주치자 기다렸다는 듯 악기를 내려놓으며 말했다.

"나는 아주 먼 동쪽에서 왔습니다. 노래 외엔 아무것도 가진 게 없는 사람이지요. 여기서 잠시 쉬었다 가고 싶은데 괜찮겠는지요?"

자블루는 대답 대신 말없이 그를 바라보았다. 술나무처럼 늘씬한 키에 깊은 눈을 가진 젊은 남자였다. 나그네의 몸에서 고단한 길 냄새가 풍겨 오고 있었다. 자블루는 돗자리를 깔고 나그네 앞에 술항아리를 내놓았다.

나그네는 달게 한 잔을 비운 다음 현이 하나뿐인 엑따라를 연주하기 시작했다.

> 사람들은 내게 묻곤 하지
> 살지도 않을 집을 왜 지었느냐고
> 어렸을 땐 나도 울타리 안에서 살고 싶었네
> 그러나 이윽고 깨달았지
> 내 집은 신에게로 가는 길 위에 있음을
> 그대가 여기 술나무 숲과 가족을 사랑하듯
> 나는 서쪽으로 난 길을 사랑하네
> 따지고 보면 우리는 모두 길의 아들
> 성스러운 강과 길을 만든 신께서
> 우릴 다시 호명할 때까지
> 황톳길은 나의 집, 그대는 나의 가족

들에서 일하던 농부들이 노랫소리를 듣고 하나둘 모여들기 시작했다. 그들은 마당에 턱을 괴고 앉아 노래를 들었다. 나그네의 목소리는 약간 쉬어 있었지만 그래서 더욱 애절하게 들렸다.

나그네는 이따금 노래를 멈추고 생각에 잠기곤 했다. 집에 두고 온 가족을 떠올리거나 노랫말을 짓는 것처럼 보였다. 농부들이 돌아가자 나그네는 몇 곡의 노래를 더 부른 다음 술나무 아래서 낮잠을 청했다.

저녁 해가 서편 대지로 기울고 있었다. 자블루는 마당에 쪼그리고 앉아 초승달처럼 둥글게 휘어진 칼을 갈기 시작했다. 타리나무에 홈을 파고 새 술항아리를 매달기 위해서였다. 저녁마다 술나무에 다시 항아리를 매달아 놓으면 밤새 신선한 술이 가득 차오르곤 했다.

사실 친정으로 가끔 달아나는 아내를 제외하면 그에겐 아무런 근심거리가 없었다. 그것도 밀라니가 더 자라서 아이를 낳게 되면 저절로 해결될 문제였다. 자블루는 쉬지 않고 나무에서 나무로 기어올랐다. 그는 나무에 오를 때마다 고개를 돌려 행여 아내가 돌아오고 있을지 모를 황톳길을 살펴보곤 했다.

저만치, 한 남자가 아내의 친정 쪽으로 뻗어 나간 길을 터벅터벅 걸어가고 있었다. 술나무 아래서 잠들었던 소리꾼 나그네였다. 나그네의 어깨로 떨어져 내린 저녁 햇살이 눈부시게 아름다웠다. 슬그머니 나무에서 내려온 자블루는 무언가에 홀린 사람처럼 맨발로 그를 뒤쫓기 시작했다. 한참 동안 달렸지만 나그네의 모습은 어디에도 보이지 않았다. 진홍색 저녁놀 밑으로 그가 걸어간 황톳길만이 삶은 국수가닥처럼 풀어지고 있었다.

어느새 어둠이 성큼 다가오는 중이었다. 한동안 멍하게 서 있던 자블루는 아내의 친정 마을을 향해 달려가기 시작했다.

그렇게 얼마나 달렸을까. 멀리에서 누군가 걸어오고 있는 것 같았다. 발을 멈춘 자블루는 실눈을 뜨고 코를 벌름거리며 황톳길을 응시했다. 어둠 속의 여자가 놀랐는지 걸음을 멈추고 머뭇거렸다.

그 순간, 얼굴이 환해진 자블루는 지체 없이 여자에게 달려들어 들고 있던 보퉁이를 빼앗은 다음 그녀를 업었다. 그의 단단한 등짝으로 조금 더 뭉클해진 아내의 젖가슴이 부드럽게 와 닿았다. 그녀의 체중도 조금 더 무거워진 것 같았다. 자블루는 불과 며칠 만에 술나무처럼 쑥쑥 자라서 돌아온 아내가 대견하고도 사랑스러웠다.

사람들은 내게 묻곤 하지
살지도 않을 집을 왜 지었느냐고…….

자블루는 아내를 등에 업은 채 소리꾼 나그네가 부르던 노래를 흥얼거렸다. 밀라니는 음치 남편이 불러 주는 노래를 들으면서 웃음을 참느라 입을 비죽거렸다. 대지 위로 둥실, 떠오른 보름달이 술나무 숲으로 향한 황톳길을 포근히 비추고 있었다.

소리꾼 도얄

바드만에 살고 있는 전통 소리꾼 도얄이 유럽에서 온 캐롤린을 처음 만난 것은 다섯 해쯤 전이었다. 그 지역의 행사나 잔칫집에서 노래를 부르며 살아가는 도얄은 그날도 30여 리쯤 떨어진 이웃 마을로부터 초대를 받아 두 시간가량 노래를 불렀다. 설탕과 자 미스티처럼 부드럽고 달콤한 목소리를 지닌 그는 특히, 사랑을 주제로 한 연가를 잘 부르기로 유명했다.

다른 날보다 두둑한 사례금을 받아 들고 잔칫집을 나서는 순간, 한 여자가 도얄의 앞을 막아섰다. 그가 사는 깊은 시골에선 좀처럼 보기 드문 유럽 여자였다.

"저는 프랑스에서 온 캐롤린입니다. 벵골 소리꾼들의 노래를 번역하는 중이지요. 당신 노래를 더 듣고 싶은데 한번 방문해도 괜찮을까요?"

그는 미처 대답할 말을 찾지 못하고 허둥거렸다. 사람들 틈에서 눈을 반짝이던 그녀의 아름다움에 도얄 역시 반해 있던 터였다.

도얄은 그녀에게서 풍겨 오는 독특한 향수에 머리가 어지러울 지경이었다. 인근의 까무잡잡한 시골 처녀들에게선 좀처럼 맡을 수 없는 황홀한 냄새였다. 그는 공손하게 주소를 적어 준 다음 발길을 재촉했다.

사실 도얄은 뛰어난 노래 솜씨 못지않게 여자들이 첫눈에 반할 정도로 수려한 이목구비를 지닌 편이었다. 그래서인지 근동의 젊은 소리꾼 가운데 평판도 꽤 좋았다. 작은 탬버린처럼 생긴 둡키 연주 실력은 위대한 스승 슈볼다스마저 칭찬에 인색하지 않을 정도였다.

그러나 도얄이 지닌 가장 큰 미덕 가운데 하나는 음악에 대한 뜨거운 열정이었다. 그는 오로지 소리꾼이 되기 위해 윤회를 거듭하다 환생한 사람처럼 춤과 노래를 사랑했다. 그런 도얄이 소리판을 벌이면 객석은 언제나 수많은 청중으로 장마당처럼 들썩였다.

바드만에선 그가 머지않은 장래에 스승인 슈볼다스처럼 위대한 소리꾼이 되리라는 걸 아무도 의심하지 않았다. 이제 겨우 50여 리 안팎에서 명성을 얻기 시작한 젊은 소리꾼과 벵골 전역에서 추앙받는 슈볼다스를 비교할 순 없는 일이었지만, 사람들은 그만큼 도얄의 재능을 높이 평가했다.

이튿날 아침, 일찌감치 도얄을 찾아온 캐롤린은 배낭을 내려놓기가 무섭게 소형 녹음기를 틀었다. 도얄은 처음 접한 녹음기를 신기한 듯 바라보았다. 놀랍게도 거기에선 어젯밤 자신이 불렀던 노래가 고스란히 흘러나왔다.

캐롤린은 그날부터 도얄의 단칸방 흙집에 눌러앉았다. 아침에 일어나면 말린 쇠똥으로 불을 지펴 차를 끓였고 음식도 곧잘 만들었다. 나무 그늘에 앉아 도얄의 노래를 듣노라면 하루가 금세 지나가 버리곤 했다. 저녁이면 전기가 들어오지 않는 작은 사원에 호롱불을 켜고 사랑의 신 크리슈나에게 정성스러운 예배를 올리기도 했다.

어느덧 한 해가 지나고 있었다. 도얄에게 갑자기 찾아온 행운은 해가 바뀌어도 변하지 않을 것처럼 보였다. 동료 소리꾼이 멀리서 찾아오면 캐롤린은 마치 안주인처럼 그들을 접대했다. 일부 소리꾼은 그의 행운을 대놓고 부러워했다.

캐롤린은 언제나 그림자처럼 도얄을 따라다녔다. 그러나 점점 시간이 흐르면서 그녀의 간섭이 시작되었다. 그녀가 도얄에게 맨 처음 요구한 것은 막대기 대신 칫솔과 치약을 이용한 양치질이었다. 예전부터 시골에서 해 오던 방식인 양치용 막대기가 훨씬 편하고 개운했지만 도얄은 묵묵히 그녀가 권하는 대로 따랐다.

그녀는 도얄의 위생에도 신경을 썼다. 캐롤린은 소리꾼들이 노래 도중 흥취를 돋우기 위해 돌려 가며 피우는 담배 파이프를 혼

자서 사용하라고 충고했다. 사람들이 공동으로 사용하면 질병에
감염될 소지가 많다는 이유에서였다. 얼마 지나지 않아 그녀는
씹어 먹는 담배인 코이니까지 금지시켰다.

캐롤린의 간섭은 날이 갈수록 심해졌다. 그에 따라 도얄의 의
상도 점차 바뀌어 갔다. 벵골 소리꾼의 오랜 전통이자 상징인 주
황색 장옷에 알록달록한 천 조각을 모자이크처럼 덧붙이기 시작
한 것도 그즈음이었다. 그러한 변화는 의상에서 그치지 않았다.
도얄의 말씨나 사고방식도 점차 유럽 사람을 닮아 갔다.

그것은 전통을 중시하는 소리꾼의 세계에선 매우 이질적인 일
이었다. 그들은 모두 크리슈나 신의 울타리 안에서 소리로 맺어
진 가족이었으며, 신에 대한 헌신과 신성을 허락받은 현세의 길
동무였다. 그러한 불문율을 존중하지 않는 도얄에게 소리꾼들은
서서히 등을 돌렸다.

도얄은 둡키를 연주할 때도 가끔 실수를 저질렀다. 다른 소리
꾼이 노래를 부르는 동안 그는 조화로운 연주를 위해 둡기 소리를
나지막하게 조절해야 했다. 타악기 소리가 너무 크면 정작 중요한
노랫말이 묻혀 버리기 때문이었다. 캐롤린에게 깊이 빠져 버린 도
얄은 연주의 기본이자 생명인 그 경계를 수시로 넘나들었다. 곁에
서 지켜보는 캐롤린에게 자신의 솜씨를 뽐내기 위함이었다.

그러자 얼마 지나지 않아 도얄과 함께 무대에 서길 거부하는
소리꾼이 하나둘 생겨났다. 노래를 죽음과도 맞바꾸지 않는 그들

의 세계에서 어쩌면 그것은 당연한 귀결이었다. 젊은 시절, 도얄을 소리꾼의 세계로 인도했던 위대한 스승 슈볼다스 역시 다른 제자들을 통해 그러저러한 소식을 듣고 있었다. 언젠가는 만행을 끝내고 본래 모습으로 돌아오려니 믿고 싶었던 스승은 한 번도 그를 불러 나무라지 않았다.

도얄은 둡키를 연주하고 노래를 부르는 일에도 서서히 흥미를 잃어 갔다. 순식간에 객석을 사로잡던 그의 눈빛에선 점점 총기가 사라졌다. 그에겐 노래보다 캐롤린과 뒹구는 시간들이 훨씬 행복했다. 특히 탄트라 수행을 빌미로 한 성의 향연은 객석에서 터져 나오는 탄성에 비할 바가 아니었다.

도얄은 성적인 쾌락을 위해 캐롤린이 도시에서 구해 온 약물도 사용했다. 그들을 방해하는 사람은 아무도 없었다. 도얄의 집은 마을로부터 멀리 떨어진 벌판 한가운데 있었으며, 쉰 그루쯤 되는 크고 작은 나무가 숲을 이루어 그들을 외부로부터 적당히 차단시켜 주었다.

그렇게 몇 해가 지나자 인근 소리꾼들은 서서히 도얄의 존재를 잊어 갔다. 당연한 일이었지만 그의 노래를 듣기 위해 초청장을 보내는 사람도 별로 없었다. 무절제한 쾌락과 약물의 남용으로 인해 도얄의 성대는 조금씩 망가져 갔다. 그는 불과 몇 해 만에 나이보다 10년쯤 늙게 보였다. 노래에 대한 열정과 신을 향한 환희로 반짝이던 눈빛 또한 아득한 과거의 일이 되고 말았다.

그는 더 이상 소리꾼이 아니었고 예전의 도얄도 아니었다.

그러던 어느 날 아침, 도얄은 초췌한 몰골로 주변을 둘러보았다. 캐롤린이 도망치듯 프랑스로 떠난 지 여섯 달쯤 지난 뒤였다. 붉은 눈을 가진 코얄새 몇 마리가 숲으로 날아들어 노래하듯 지저귀고 있었다. 도얄은 문득 걷잡을 수 없는 충동에 사로잡혔다. 그는 무언가에 홀린 사람처럼 방에서 주황색 바랑을 들고 나왔다.

흙먼지가 뽀얗게 내려앉은 바랑을 풀자 거기엔 도저히 둡키라고 부를 수 없는 이상한 물건이 하나 들어 있었다. 아름다운 공명을 일으키던 반들반들한 나무통 역시 심하게 휘어 버린 뒤였고, 그 위에 덧댄 물소가죽도 예전처럼 팽팽하게 당겨지지 않았다.

도얄은 허겁지겁 둡키 가죽에 물을 먹였다. 그리고 6백 년 전의 음유시인이자 성자 소리꾼인 자이데브에게 참회의 기도를 올렸다. 매년 1월이 오면 벵골을 떠도는 4천여 명의 소리꾼이 몰려들어 그를 추모하는 축제를 벌일 정도로 자이데브는 그 세계에서 수호신처럼 추앙받는 존재였다.

그러고 보니 도얄은 소리꾼 축제에도 몇 해 동안 참석한 적이 없었다. 도얄은 어린아이를 대하듯 몇 시간 동안 정성스럽게 둡키를 다독였다. 이윽고 기도를 마친 그는 둡키를 뺨에 비빈 다음 노래를 불러 보았다.

도얄의 목에선 도저히 노래라고 여길 수 없는 괴상한 소리만 새어 나왔다. 그것은 자신의 목소리가 아니었다. 그는 목청을 가

다듬은 후 몇 번이고 다시 시도해 보았다. 그러자 이번엔 둡키의 외피를 고정시킨 가죽 끈이 비명을 지르며 끊어지고 말았다.

도얄은 예전의 무대를 떠올리며 서너 달 동안 쉬지 않고 노래를 불러 보았지만 한번 떠나간 소리는 영영 돌아오지 않았다. 절망한 그는 사원 모퉁이에 이마를 짓찧으며 소리 내어 울었다. 그는 불현듯 자신에게 유독 자애로웠던 스승 슈볼다스를 떠올렸다. 그분을 마지막으로 뵌 게 언제였는지 기억조차 희미했지만 소리꾼의 세계에서 한번 스승은 영원한 스승이었다.

도얄은 캐롤린이 만들어 준 알록달록한 의상 대신 전통에 충실한 주황색 장옷을 갈아입고 길을 나섰다.

"네 둡키는 어디에 있느냐?"

슈볼다스는 자신의 발등에 입을 맞추고 일어서는 제자에게 따스한 눈길로 물었다. 도얄은 흠칫 놀랐지만 이미 각오한 마당이었다. 그는 무릎을 꿇고 정성스럽게 둡키 보자기를 풀었다.

"그건 이미 둡키가 아니다. 나는 너희가 밥을 먹듯이 날마다 둡키에게 물을 먹여야 한다고 가르쳤다. 나는 또한 둡키에게도 사람의 목숨처럼 소중한 생명이 깃들어 있다고 가르쳤다. 그런데 목숨과 같은 악기를 그 지경이 되도록 방치하다니 대체 어찌 된 일이냐?"

땅바닥에 머리를 조아린 채 도얄은 기어드는 목소리로 대답했다.

"스승님, 어떤 대가를 치르더라도 반드시 노래를 되찾고 싶습니다. 제발 방법을 알려 주십시오."

슈볼다스는 눈을 들어 한참 동안 허공을 응시했다.

"소리꾼에게 노래란 수행과 같은 것이다. 한번 불러 보거라!"

도얄은 눈물을 머금고 노래를 불렀다. 슈볼다스는 한 소절도 마치기 전에 조용히 손을 들어 노래를 중지시켰다.

스승의 눈빛은 참담하게 흔들렸다.

"너는 더 이상 소리꾼이 아니다. 소리꾼이 아닌 사람은 내 집에 발을 들여놓을 자격이 없다. 여길 떠나거라!"

"스승님! 어린 시절, 아무것도 몰랐던 제가 스승님 밑에서 소리꾼으로 태어났습니다. 한 번만 허락해 주신다면 예전처럼 목숨을 내놓고 다시 정진하겠습니다. 제발 저를 내치지 말아 주십시오."

그것은 진심이었다. 도얄은 노래를 잃어버린 후에야 자신이 얼마나 춤과 노래를 사랑했는지 깨달을 수 있었다. 노래가 없는 세상은 그에게 죽음의 바다나 마찬가지였다. 그는 지금 난파한 조각배처럼 캄캄한 바다를 위태롭게 표류하는 중이었다.

그러나 도얄 못지않게 실망한 슈볼다스는 고개를 저을 뿐이었다.

"스승님, 노래를 부를 수 있다면 무슨 일이든 감수하겠습니다. 제발 방법을 가르쳐 주십시오. 스승님께선 마음만 먹는다면 숲에서 새들까지 불러내 노래를 가르치는 분이 아니십니까?"

"그렇게도 노래를 부르고 싶단 말이냐?"

"그렇습니다, 스승님!"

슈볼다스는 눈가에 이슬이 맺힌 제자를 측은한 눈으로 바라보았다.

"그렇다면 크리슈나 신께서 네 이름을 부를 때까지 항상 그 마음을 잃지 말고 살거라. 수행자처럼 뼈를 깎는 고행을 거듭한다면 다음 세상엔 틀림없이 훌륭한 소리꾼으로 태어날 것이다."

도얄은 고개를 떨구고 자신의 그림자를 밟으며 집으로 돌아왔다.

그는 아무도 없는 집에 틀어박혀 식음을 전폐한 채 사흘 밤낮을 소리 내어 울었다. 그리고 나흘째 되는 아침, 도얄은 정갈하게 몸을 씻은 다음 툴시나무가 꽃망울을 틔운 사원 앞에서 스승의 마지막 가르침을 떠올리며 기도를 올렸다. 소리꾼이 된 후 그토록 간절한 기도를 올린 적은 없었다.

어디서 날아왔는지 수백 마리로 불어난 코얄새들이 숲이 떠나가듯 지저귀고 있었다. 그날 저녁, 도얄은 둡키를 끌어안은 채 죽음의 배에 몸을 실었다. 하루빨리 신명에 찬 춤과 노래를 되찾고 싶었던 그로서는 도저히 다음 세상까지 기다릴 여유가 없었다.

인도로 가는 동안 2

내가 화가 지텐을 알게 된 것은 아주 오래전 일이었다.

그러나 처음 만났던 장소는 정확히 기억나지 않는다. 전원 마을 산티니케탄을 상징하는 거대한 반얀나무 그늘이었던 것도 같고, 거기서 북쪽으로 3킬로미터쯤 더 들어간 농수로 옆 작은 찻집이었던 것 같기도 하고, 간혹 농부들이 목을 축이러 오는 산탈리 마을의 허름한 주막이 아니었나 싶기도 하다.

지텐은 인도의 시성 타고르가 산티니케탄에 설립한 비스바 바라티대학교에서 5킬로미터쯤 떨어진, 변변한 가게는커녕 전기도 들어오지 않는 산탈리 마을에 살고 있었다. 대도시는 많이 달라졌지만 아직도 같은 카스트끼리 집단을 이루어 사는 시골에서 브라만 출신인 지텐이 농부들과 스스럼없이 어울리는 건 다소 이상한 일이었다. 그의 원래 이름은 지텐 쿠마르 슈클라이며, 열다섯 살 때 기차로 이틀이나 걸리는 서쪽 도시에서 혈혈단신 여기로 왔다는 것도 나중에야 알게 된 사실이었다.

그렇다고 지텐이 20여 년 동안 여기서만 줄곧 살아온 건 아니었다. 한때 그는 인도 4대 도시 가운데 하나인 첸나이에서 고등학교 미술 교사로 재직한 적이 있었다. 화가에게 대도시에서의 생활은 그리 만족스럽지 않았다. 그는 6개월 만에 사표를 던지고 3년 가까이 인도 대륙을 유랑했다. 잠시 고향으로 돌아가 가족 곁에 발을 붙여 보기도 했지만 아름다운 산탈리 마을을 잊을 수 없었다.

결국 다시 돌아온 지텐은 여기에 뿌리를 내리기로 결심했다. 그의 집 바로 옆에 작은 호수가 하나 숨어 있었고, 제방을 따라 마을 사람 모두가 넉넉히 먹고도 남을 만한 망고나무 숲이 우거진 곳이었다.

나는 산티니케탄에 여장을 푼 다음 날 새벽, 아무런 예고도 없이 지텐이 사는 마을을 방문했다. 아직 어둠이 걷히기 전이었다. 새벽이슬에 바짓가랑이를 적셔 가며 마을로 들어서자 멀리 화가의 집이 보였다. 3백 평쯤 되는 텃밭 한쪽에 흙벽돌로 손수 지은 아담한 토담집이었다.

지텐은 붉은빛으로 물들기 시작한 동쪽 하늘을 향해 가부좌를 틀고 앉아 있었다. 그 모습이 몇 백 년을 넉넉히 견뎌 온 망고나무처럼 주변 풍경과 잘 어울렸다. 아침 명상을 마친 그는 텃밭에서 채 여물지 않은 감자를 캐고 풋고추를 땄다. 테라코타처럼 담벼락에 다닥다닥 붙여 둔 말린 쇠똥으로 불을 지핀 그는 금세 아침상을 차려 냈다. 하얀 접시에 담아 낸 삶은 감자와 붉은 토마토가 한입에 쏙 들어갈 정도로 작고 탐스러웠다.

차마 입에 넣기 아까워 물끄러미 바라보는 내게 그는 어서 맛을 보라고 채근했다.

"어서 배를 채우게, 친구! 그림도 좋지만 시골에서 농사짓는 즐거움 또한 여간 큰 게 아니라네."

"예술가인 자네가 농사에도 맛을 들였다니 이젠 영원히 여길 떠날 수 없겠군."

"여행은 친구인 자네가 대신 해 주고 있으니 나까지 짐을 꾸릴 필요가 없지 않겠나?"

지텐은 삶은 감자 껍질을 벗긴 다음 소금을 찍어 내 앞으로 내밀었다. 우리는 식탁 대신 낡은 돗자리에 앉아 토마토와 삶은 감자로 달게 허기를 채웠다. 그동안 해는 지평선 위로 서너 뼘쯤 솟아올라 있었다.

나는 찻잔을 들고 작업실로 들어가 그림을 감상했다. 지텐은 산탈리 마을의 상징처럼 여겨지는 호수, 물소, 초가집, 타리나무 숲, 새, 여인, 물 항아리가 조화롭게 어우러진 작품을 주로 그렸다. 그에겐 마을 사람과 가축을 비롯한 풍경 모두가 가족처럼 소중한 존재였다.

얼마 후 그는 자전거에 술통을 싣고 동구 밖으로 나가 한리라고 부르는 순한 막걸리를 받아 왔다. 우리는 볼라쉬 나무 그늘로 자리를 옮겨 앉아 아침부터 술을 마셨다. 이웃 농부들이 잠깐씩 들러 술을 얻어 마신 후 일터로 돌아가곤 했다.

나는 해가 중천으로 솟을 때까지 막걸리를 마셨다. 별로 술을 즐기지 않는 지텐은 스케치북을 펼치고 그런 내 모습을 그렸다. 한동안 그렇게 시간을 보내고 있는데 마당으로 소리꾼 하나가 터벅터벅 걸어 들어왔다.

간혹 축제에서 마주쳤던 파롤당가 마을의 비놋다스였다.

"허어! 아침부터 크리슈나의 눈물을 마시고 있구먼!"

"그대도 마시고 싶다면 소리부터 한 자락 꺼내 놓으시게."

비놋다스는 악기가 든 바랑을 내려놓기가 무섭게 술잔을 집어 들었다.

"술과 노래의 순서가 바뀐다고 해서 아들이 어머니보다 먼저 태어나는 사태는 일어나지 않는다네."

그는 너스레를 떨며 단숨에 석 잔의 술을 마셨다. 지텐이 그를 가리키며 속삭였다.

"저 소리꾼은 단순한 음악가가 아니라네. 깨달음으로 가는 재료로써 춤과 노래를 선택한 일종의 구도자들이지. 저들의 입에서 범상치 않은 말이 튀어나오는 것도 그 때문이야."

"내겐 자네의 그림도 구도의 소재처럼 여겨지는구먼."

지텐은 굳이 부정하지 않겠다는 듯 작은 소리로 웃었다.

비놋다스가 노래를 시작하자 근처에서 일하던 농부들이 다시 모여들었다. 예고도 없이 한낮에 벌어진 소리판은 그래서 더욱 흥겨웠다. 평소 지텐과 농부들이 자연스럽게 어울린 탓에 가능한 퍼포먼스였다.

얼마 후 비놋다스는 스웨덴에서 공연을 마치고 돌아오는 제자를 맞이하러 간다며 볼푸르 역으로 떠났다. 주황색 바랑을 둘러메고 유채 밭 사이로 사라지는 그의 뒷모습 또한 마을 풍경처럼 평화로웠다.

정오가 조금 지나자 또 한 명의 방문객이 찾아왔다. 앙증맞은 책가방을 등에 둘러멘 어린 계집아이였다.

"지텐 아저씨, 안녕?"

"여어, 슈므띠구나! 오늘은 학교가 일찍 파한 모양이지?"

"그런데 저 아저씨는 누구예요?"

"동쪽 바다 건너, 아주 먼 데서 온 친구란다. 슈므띠도 인사를 해야지?"

"나는 바다가 어떻게 생겼는지도 모르는데……."

슈므띠는 인사 대신 눈망울을 굴리다 지텐 품으로 쪼르르 달려와 안겼다.

"슈므띠, 오늘은 학교에서 어떤 친구들과 놀았지? 이젠 남자 친구도 생겼겠네?"

"아니, 나는 이담에 커서 지텐 아저씨랑 결혼할 거야. 그래서 남자 친구가 필요하지 않아."

나는 둘이 나누는 얘기를 들으며 웃음을 참지 못하고 키득거렸다. 슈므띠는 아예 자기 집인 양 책가방을 아무렇게나 던져 놓고 지텐 옆에 쪼그려 앉았다.

"이봐, 지텐! 자네 혹시 저 아이 때문에 결혼도 않고 혼자 늙어 가는 게 아니야?"

내 농담에 지텐은 붓을 내려놓고 웃었다.

"이 사람아, 슈므띠는 이제 겨우 일곱 살이라네."

"그래도 내겐 저 아이의 순정이 진지하게만 보이는 걸?"

"나도 저만한 나이였을 때 이모와 결혼하겠다고 떼를 쓴 적이 있었지. 이제 몇 해만 지나 보게. 저 아이가 자라서 사춘기가 되면 내 집 주위엔 얼씬거리지도 않을 테니까. 슈므띠는 아버지가 없는 유복녀라네. 그래서 나를 아빠처럼 따르는 게야."

"그러면 자넨 슈므띠가 아니라 유년의 이모 때문에 장가를 가지 않는 모양이로구먼."

"누가 자네 말을 당하겠는가? 낮잠이나 한숨 자 두게."

나는 눈을 붙이는 대신 마을을 산책했다. 매년 찾아오는 곳이었지만 주위 풍경은 조금도 변한 게 없었다. 지텐은 토박이가 아님에도 이곳에 생기를 불어넣는 사람이었다. 그에겐 마을 전체가 캔버스였다. 그는 여유가 생기면 마을의 담벼락마다 꽃과 새와 망고나무와 물소들을 그려 넣었다. 그래서인지 산탈리 마을은 어떤 곳보다 따뜻한 기운과 생동감이 넘쳤다.

날이 저물자 들판에서 일하던 농부들이 집으로 돌아가고 있었다. 산은 고사하고 야트막한 언덕 하나 없이 뻗어 나간 대지 위로 저녁놀이 붉게 타오르는 중이었다.

"자네, 여기쯤 있을 것 같더군."

"산탈리 마을의 일몰은 정말 대단해."

"그래. 우리가 세상을 떠난 뒤에도 저런 풍경은 끝없이 반복될 거야."

"아이들도 계속 태어나고, 그들이 자라면 자네처럼 대지 위에 집을 짓겠지."

"그런데 인도에서 실종된 자네 부친은 여전히 소식이 없는가?"

"그렇다네. 나도 처음엔 반드시 아버지를 찾아야겠다고 생각했지. 그런데 지금은 그게 인도로 돌아오기 위한 구실처럼 여겨지기도 한다네. 이젠 나 역시 아버지처럼 인도에 깊이 빠져 버린 느낌이야."

"그렇다면 자네는 소식이 끊어진 부친을 구실로 나보다 더 많은 고장을 여행하는 셈이로구먼. 부친께서 인도에 오신 지 얼마쯤 되었다고 했지?"

"벌써 10년이 넘었다네."

"인도로 떠나기 전 특별한 말씀 같은 건 없으셨는가?"

"회갑 잔치가 끝난 저녁이었는데, 이젠 가족이 아니라 당신 자신을 위해 살고 싶다고 말씀하셨네."

"자네 부친께선 틀림없이 출가 수행자가 되셨을 거야. 사회적 의무를 다한 후 숲이나 히말라야로 들어가 수행자가 되는 거야말로 모든 인도 사람들의 소망이지. 나 역시 쉰 살쯤 되면 그럴 생각이네만……."

우리는 묵묵히 지텐의 토담집으로 돌아왔다. 전기가 들어오지 않는 마을이어서 해가 지자 금세 짙은 어둠이 밀려왔다. 비가 오려는지 바람이 망고나무 숲을 흔들고 있었다. 나는 지텐 옆에 누워 그동안 여행한 고장에 대한 이야기를 들려주었다. 마치 고향에 돌아와 형제를 만난 것처럼 마음이 편안했다.

얼마 후 지텐의 숨소리가 고르게 들려왔다. 나는 잠결에 환청처럼 비가 내리는 소리를 들었다. 이어 어디에 누워 있는지조차 모를 정도로 깊은 잠에 빠져들었다.

"지텐 아저씨, 지텐 아저씨!"

새벽녘, 누군가 어둠 속에서 지텐을 부르고 있었다. 나는 눈을 비비고 주변을 둘러보았다. 어둠 속에서 어린아이가 살금살금 문을 열고 들어오는 게 보였다. 나는 잠든 체하며 귀를 세웠다.

"지텐 아저씨, 빨리 일어나! 어젯밤 바람에 얼마나 많은 망고가 떨어졌는지 몰라요."

"오, 슈므띠! 호숫가로 망고를 주우러 가자고 새벽부터 난리로구나. 양동이는 가져왔겠지?"

지텐은 귀찮은 기색도 없이 자리에서 일어나 아이를 따라나섰다. 나는 두 사람의 발자국이 멀어지는 소리를 들으며 옆으로 돌아누웠다.

갑자기 새벽녘에 아버지와 밤을 줍던 유년의 기억 한 토막이 떠올랐다. 그동안 까맣게 잊고 살았던 풍경이었다. 나는 지금쯤 출가 수행자가 되었을지 모를 아버지를 떠올리며 자리에서 일어났다. 호수에서 밀려온 짙은 안개가 대지 위로 수근수근 흘러 다니고 있었다.

아직 동이 트려면 먼 시각이었다. 발목으로 달려드는 안개를 걷어차며 호숫가에 도착하자 가슴이 저려 왔다. 양동이를 들고 부지런히 망고를 줍는 두 사람의 모습이 마치 아버지와 딸처럼 보였다. 나는 망고나무 아래서 그들을 한참 동안 지켜보았다.

여관 청소부 라쥬

언제나 그렇듯이 라쥬는 새벽 다섯 시에 잠에서 깨어났다. 어젯밤의 숙취로 인해 머리가 어지러웠지만 그렇다고 게으름을 피울 순 없는 일이었다. 이름표가 달린 말쑥한 유니폼으로 갈아입은 그는 두 팔을 벌리고 마음껏 새벽 공기를 들이마셨다. 왼편으로 살짝 기운 구부정한 어깨와 웅크린 걸음걸이, 그리고 꿈을 꾸듯 작은 눈을 가진 그는 약간 모자란 사람처럼 보이기도 했다.

여관 청소부 라쥬는 정원을 에워싸고 있는 아쇼카 나무들을 올려다보았다. 무성한 나뭇가지 속에 몸을 감춘 새들이 새벽부터 요란하게 지저귀고 있었다.

라쥬가 일하는 여관은 하루에 기차가 네 차례밖에 들어오지 않는 궁벽한 시골에 자리하고 있었다. 저녁마다 반딧불이 축제처럼 날아오르는 랄반 호수를 제외하곤 그다지 볼 만한 게 없는 마을이었지만 길손의 발길이 끊어지는 법은 없었다. 라쥬에게 그들은 지친 몸을 쉬기 위해 잠시 날개를 접고 랄반 호수로 내려앉는 새들처럼 여겨졌다. 그들은 대개 나흘이나 닷새쯤 머물다가 저녁 무렵의 새 떼처럼 훌쩍 떠나 버리곤 했다.

얼마 후 라쥬는 휘파람을 불어 가며 마당청소를 시작했다. 잠에서 깨어난 손님 몇 명이 베란다로 나와 아침 인사를 건넸다. 그들 가운데엔 외국에서 온 여행자도 한 명 섞여 있었다. 라쥬는 사람 좋은 얼굴로 화답하고 나서 비질을 계속했다.

손님들은 나이보다 깊게 팬 주름살에도 불구하고 평생 동안 한 번도 화를 내지 않을 것 같은 청소부의 선량한 얼굴을 좋아했다. 태어날 때부터 미소를 머금은 채 세상에 나온 듯한 라쥬의 얼굴은 손님들에게 편안한 즐거움을 주었다.

지난밤엔 여관 정원에서 일곱 명의 소리꾼을 초대한 조촐한 파티가 있었다. 손님들은 하루 일과가 끝난 라쥬에게 거푸 술잔을 권했다. 그는 사양하지 않고 주는 대로 받아 마셨다. 나중에는 급기야 다리가 꼬일 정도로 취해 버렸지만, 그의 선한 얼굴에선 잔잔한 웃음만이 번져 나올 뿐이었다.

어젯밤, 그런 라쥬에게 한 손님이 물었다.

"라쥬, 어떻게 하면 자네처럼 항상 행복한 얼굴로 살아갈 수 있지?"

라쥬는 소리꾼 여인에게 시선을 고정시킨 채 대답했다.

"글쎄요. 나는 사람들이 그냥 좋아요. 저 노랫말처럼."

마침 여관 정원에선 말라다시 바울이라고 불리는 여자 소리꾼이 깨달음에 관한 노래를 부르고 있었다. 라쥬는 아예 노래 속으로 빨려 들어간 사람처럼 보였다. 가난을 상징하듯 군데군데 실밥이 터진 모자, 턱 밑에 가지런히 포개진 얌전한 두 손, 앞니가 듬성듬성 드러난 채 무방비 상태로 헤벌어진 입술은 가히 희극을 연상케 할 정도였다.

자칫 노래에 실려 어디론가 영영 사라져 버릴 것 같은 그의 표정은 미세한 불순물도 허용하지 않는 충만한 기쁨, 잠든 나무들까지 춤추게 만들 것 같은 온전한 환희, 비바람을 몰고 오는 몬순의 천둥 앞에서도 손뼉을 멈추지 않을 듯한 완벽한 몰입 그 자체였다. 어느 노련한 배우가 감동한 표정을 연기하더라도 그처럼 완벽하기는 어렵지 않을까 싶었다.

반쯤 넋이 빠져나간 라쥬로 인해 말라다시 바울의 노래는 더욱 돋보였다. 사람들은 노래를 감상하기보다 거기에 몰입한 라쥬의 환희를 연장시켜 주기 위해 거듭 앙코르를 청했다. 결국 그녀는 예정보다 노래를 다섯 곡이나 더 불러야 했다.

어제 라쥬가 보여 준 진지한 태도는 마당을 청소하는 동작에서도 묻어 나왔다. 한쪽 어깨를 비스듬히 기울인 채 비질을 끝낸 그는 담배를 피워 물었다. 어찌나 담배를 달게 피우는지 오랫동안 끊었던 사람도 다시 피우고 싶어질 것 같았다.
　지난밤의 라쥬 얼굴을 떠올리며 한 손님이 농을 던졌다.
　"상쾌한 아침이야, 라쥬! 그런데 한 가지 부탁 좀 할 수 있을까?"
　"무엇이든 말씀만 하세요."
　"내게 10루피만 기부할 수 있겠어? 반드시 라쥬 호주머니에서 나온 돈으로 말이야."
　"나는 가난한 사람이에요. 부자인 당신이 내게 10루피를 팁으로 주는 게 더 좋지 않을까요?"
　"이봐, 우린 친구 사이잖아. 나는 오늘 정오에 여길 떠나야 돼. 그 돈을 이 고장과 라쥬에 대한 추억으로 간직하고 싶어서 그래."
　무슨 말인지 알았다는 듯 라쥬는 호주머니에서 해진 지폐 한 장을 꺼내 들었다. 시골 마을 여관 청소부로선 적지 않은 액수였지만 그는 망설이지 않고 돈을 내밀었다.
　"고마워. 그런데 정말 돈을 돌려주지 않아도 되는 거지?"
　"당신이 행복하다면 그걸로 충분해요."
　라쥬는 특유의 미소를 머금은 채 미처 치우지 못한 식탁을 정리하기 시작했다. 종종거리며 흩어진 음식을 쪼아 먹던 까마귀도 별로 그를 두려워하지 않는 것 같았다. 까마귀는 손이 닿을 정도가 되어서야 살짝 날아올라 옆 테이블로 옮겨 앉을 뿐이었다. 라쥬가 손바닥 위에 땅콩 조각을 올려놓자 그 가운데 한 마리가 얼른 다가와 쪼아 먹기도 했다. 그는 잇몸을 드러내며 까마귀에게도 사람 좋은 얼굴로 웃어 주었다.

정원에서 그 모습을 지켜보던 다른 손님이 물었다.

"라쥬, 어떻게 하면 까마귀까지 친구로 만들 수 있지?"

"글쎄요. 저들이 전생에 내 친구였는지도 모르지요."

"라쥬, 평생 동안 한 장소에서 같은 일만 하고 사는 게 답답하지 않아?"

"여기에서도 많은 곳을 여행한 나그네들을 만날 수 있거든요. 조금 답답한 건 사실이지만 그들이 들려주는 세상 이야기로도 충분해요."

"어째서 사람들에게 항상 친절할 수 있는 거지?"

"그들도 저에게 친절하게 대해 주니까요."

"이것저것 심부름을 시키면 귀찮지 않아?"

"내게 손을 내미는 사람을 돕는 건 귀찮은 일이 아니지요. 그게 내 직업이기도 하구요."

라쥬는 탁자 위를 말끔히 치운 다음 주방에서 아침 식사를 내 왔다. 그는 일손이 모자라면 다른 종업원의 일까지 곧잘 도와주곤 했다. 라쥬는 손님의 표정만 보고도 그들이 무엇을 원하는지 읽어 내곤 했다. 식사를 마친 손님 하나가 손을 씻고 나서 흡족한 얼굴로 물었다.

"나도 앞으론 라쥬처럼 즐거운 마음으로 일하며 살고 싶은데 그 비결을 가르쳐 줄 수 있겠어?"

"나는 일도 하나의 명상이라고 생각해요."

"이거 놀라운걸! 라쥬가 명상이 뭔지도 안단 말이야?"

"일하고, 먹고, 마시고, 시장에 다녀오고, 청소하는 게 다 명상이래요. 그 사실을 즐겁고 정직한 마음으로 알아차리면 되는 거지요. 내가 어렸을 때, 히말라야에서 내려온 수행자 한 분이 여길 들렀다가 가르쳐 주셨어요."

"그래서 어젯밤 노래를 들을 때도 그렇게 행복할 수 있었던 게로구나. 라쥬는 내세에 분명히 훌륭한 사람으로 태어날 거야. 칼리 여신에게 물어봐도 좋아."

라쥬는 빙그레 웃으며 설거지를 돕기 위해 주방으로 달려갔다.

얼마 후 두 명의 손님이 여관을 떠났다. 라쥬는 그들과 작별 인사를 나눌 때마다 아쉬운 마음이 들곤 했다. 한 사람은 음악가였는데 매년 한두 차례씩 방문하는 길손이었다. 아주 오래전, 라쥬는 그가 지은 노래를 한 번 들은 적이 있었다. 그는 현이 하나뿐인 엑따라를 켜면서 신을 향한 헌신과 사랑을 노래했다. 그것은 라쥬가 들은 노래 가운데 가장 단순하고도 아름다운 곡조를 지니고 있었다.

또 다른 손님은 무려 한 달쯤 머물던 게으름뱅이 신사였다. 밥을 먹고 차를 마시고 산책을 하는 일도 그는 보통 사람보다 두 배쯤 시간이 걸렸다. 특히 저녁 무렵의 그는 일몰에 홀린 사람처럼 랄반 호수 건너편을 미동도 없이 바라보곤 했다.

라쥬에겐 언제나 오전 시간대가 가장 분주했다. 식사를 마친 그는 콧노래를 부르며 객실 청소를 시작했다. 아침에 일어나 마당을 쓸고 방을 깨끗이 치운 다음, 침대보와 베갯잇을 새로 바꾸는 게 그가 맡은 주요 일과였다.

라쥬는 침대보를 걷어 내며 어젯밤에 들었던 노래를 흥얼거렸다. 어느덧 정오가 다가오고 있었다. 그는 빗자루를 들고 마지막 방으로 들어섰다. 오늘 아침 그에게 10루피를 얻어 간 게으름뱅이 신사가 사용하던 방이었다. 그 방을 마저 치우면 두 시간쯤 늘어지게 낮잠을 즐길 수 있었다.

라쥬는 허전한 마음으로 방 안을 둘러본 다음 청소를 시작했다. 그런데 베개를 들어내자 두툼한 봉투 하나가 눈에 들어왔다. 그 안엔 5백 루피짜리 지폐가 한 묶음 들어 있었다. 자그마치 라쥬의 3년 치 월급보다 많은 액수였다.

당황한 라쥬는 자전거를 타고 기차역으로 내달리기 시작했다. 우기의 빗발처럼 굵은 땀방울이 온몸으로 쉬지 않고 흘러내렸다. 잔뜩 거칠어진 호흡 때문에 가슴이 터질 것 같았지만 그는 속도를 늦출 수 없었다. 드디어 라쥬가 역에 도착하자 기차가 경적을 울리며 플랫폼으로 들어오고 있었다.

그 신사를 발견한 라쥬는 숨을 헐떡이며 달려가 봉투를 내밀었다.

"그게 뭐지?"

신사가 짐짓 시치미를 떼고 물었다. 숨이 턱까지 차오른 라쥬는 어떤 대답도 할 수 없었다. 신사는 땀에 흥건히 젖은 라쥬의 어깨를 정답게 끌어안았다.

"라쥬, 금년에 큰딸이 대학에 들어간다고 하지 않았나? 오늘 아침에 자넨 아주 특별한 선물을 내게 주었지. 이 봉투는 자네의 선물에 대한 작은 보답이야. 라쥬가 준 10루피는 내게 어떤 것과도 바꿀 수 없는 소중한 추억이거든."

그는 라쥬의 등을 몇 차례 토닥거린 다음 기차에 올랐다.

라쥬는 플랫폼을 빠져나가는 기차를 망연히 바라보았다. 몇 명의 승객이 창밖을 향해 손을 흔들고 있었다. 그는 자신도 기차에 몸을 싣고 멀리 떠나고 싶은 충동에 사로잡혔다.

여관 청소부 라쥬는 다음 세상엔 어디든지 훨훨, 날아다닐 수 있는 새로 태어나고 싶었다.

미치광이 고르 켑바에 관한 보고서

 미치광이 고르 켑바, 혹은 그냥 켑바라고 알려진 괴팍한 소리꾼과의 두 번째 만남은 어색하기 짝이 없었다. 그의 인상은 인구에 회자하는 무성한 소문과 달리 평범한 시골 농부를 연상케 했다. 어딘지 잠이 부족해 보이는 푸석푸석한 눈빛, 주름이 깊어지기 시작한 50대 중반의 얼굴, 탱탱하게 부풀어 오른 우스꽝스런 아랫배, 세상사에 별다른 흥미가 없는 것처럼 여겨지는 심드렁한 표정에 이르기까지 켑바가 보여 준 일련의 모습은 내게 실망만 안겨 주었다.
 나는 일행과 함께 마당으로 들어서면서 아무래도 사람을 잘못 찾아온 게 아닌가, 하고 주변을 두리번거렸다. 마당 한쪽엔 작고 앙증맞은 사당이 지어져 있었고, 그 옆에서 툴시꽃이 막 봉오리를 틔우는 중이었다. 나는 실망감을 감추기 위해 마치 툴시꽃의 향기를 감정하려는 사람처럼 코를 킁킁거렸다.
　흙벽돌로 지어진 켑바의 거처는 시골에선 좀처럼 보기 드문 이층집이었다. 아래층은 부엌과 창고로 쓰이는 것처럼 보였는데 그보다는 제법 멋을 부린 위층 넓은 거실이 마음에 들었다. 나는 입맛을 다시며 동쪽 벌판을 향해 시원하게 트인 거실을 바라보았다. 그곳에 둥지를 틀고 앉아 우기의 빗발을 감상한다면 참으로 근사하겠다는 객쩍은 생각이 들었기 때문이었다.
　내가 집 안 이곳저곳을 둘러보자 켑바의 딸처럼 보이는 젊은 아내가 빨래를 널다가 샐기죽한 웃음을 머금었다. 그것은 마치 소리 내어 웃고 싶지만 손님에 대한 예의로 참는 중이며, 어쨌든 환영한다는 표정이 담겨 있었다. 또한 거기엔 오늘처럼 예고 없이 찾아오는 방문객에게 어느 정도 익숙해져 있음을 은연중 내비치는 것처럼 보이기도 했다.
　오래전부터 나는 켑바의 명성을 익히 알고 있었다. 그의 기행이 오죽 유별났으면 이름까지 미치광이라는 뜻을 지닌 켑바로 알려져 있을까. 떠도는 소문에 의하면 그에 대한 사람들의 평판은 실로 원성에 가까운 것이었다. 하지만 그의 악덕을 들춰내며 낄낄대던 사람들마저 그가 뛰어난 소리꾼이라는 사실 앞에선 마땅히 그래야 된다는 듯 숙연한 얼굴로 존경을 표하곤 했다.
　벵골 지역에서 바울이라고 불리는 소리꾼은 춤과 노래를 통해 깨달음을 추구하는 음유시인이기도 했다. 무릎까지 내려오는 주황색 장옷을 몸에 두른 채 악기를 둘러메고 세상을 떠도는 사람들, 인생의 모든 가치를 방랑과 맞바꾼 그들을 인도의 시성 타고르는 '불멸의 영혼'이라고 칭송했었다.

오전부터 갑작스런 방문객을 맞이한 고르 켑바는 잠시 우리 일행을 훑어보았다. 나는 실망한 표정을 감추지 않고 그의 아랫배를 노골적으로 쳐다보았다. 그의 모습은 몇 달 전 소리꾼 축제에서 지켜보았던 풍모와 전혀 달랐다.

나는 같은 인물이 저토록 다르게 보일 수 있다는 사실에 고개를 흔들었다. 방문객의 정체를 탐색하던 켑바 역시 심드렁한 표정으로 두세 걸음 다가왔다. 다음 순간, 그는 장난스럽게 아랫배를 들이대고 맹꽁이처럼 부풀렸다.

나는 돗자리가 깔린 망고나무 그늘에 앉아 본격적인 탐색을 시작했다. 켑바는 이미 자기 몰골에 실망한 방문객의 심리 상태를 읽어 낸 것 같았다. 아랫배에 꽂힌 시선의 의미를 눈치 채고 심술궂은 반응을 보인 게 그 증거였다. 그런데 켑바는 우리 일행 중 인도 화가 지텐과 이탈리아 여행자 라파엘에겐 별로 관심을 기울이지 않았다. 어쩌면 그것은 내 눈빛이 다소 도전적으로 보였기 때문인 듯했다.

나는 정식으로 인사를 갖추었다.

"자이구루, 자이구루! 당신 내면의 사원에 경의를 표합니다. 나는 소리꾼 고르 켑바를 만나기 위해 자전거를 타고 네 시간 동안 달려왔습니다. 우리가 사람을 제대로 찾아온 게 맞습니까?"

 내 말엔 당신이 정말 뱅골 지역 최고의 소리꾼 가운데 한 명인 고르 켑바가 맞느냐는, 어설픈 유머가 섞여 있었다. 그에 대한 켑바의 대응 또한 만만치 않았다.

 "고르 켑바의 이름으로 환영합니다. 멀리서 온 친구여, 그대는 내게 어떤 선물을 가지고 오셨습니까?"

 그는 대답을 재촉하듯 미동도 없이 내 눈동자를 쏘아보았다. 그 눈빛엔 오늘 찾아든 방문객이 어떤 부류의 인간인지 알아내고야 말겠다는 의지와 함께 나를 당혹스럽게 만든 다음 그 반응을 즐기겠다는 의도까지 숨어 있는 것 같았다.

 나는 켑바의 시선을 맞받으며 역설로 화답해 주었다.

 "아무것도, 어떤 것도 가져오지 않았습니다. 오히려 나는 당신의 멋진 선물을 기대하고 먼 길을 찾아왔습니다."

 그는 의외라는 듯 피식, 웃었지만 여전히 장난스런 눈길을 거두지 않았다. 진심을 말하자면 나는 켑바가 어떤 인간인지, 그리고 소리꾼 축제에서 보았던 그의 행각들이 어디서 연유한 것인지 알고 싶었다. 그런데 오늘 아침 켑바의 눈빛은 약간 당돌한 기운이 서려 있을 뿐 여느 사람과 크게 다르지 않았다.

 우리는 그런 상태로 우습지도 않은 신경전을 벌이며 조금씩 서로에게 다가들었다. 이제 켑바의 눈과 내 눈은 아주 가까운 거리로 좁혀지고 있었다. 지텐과 라파엘은 뜻하지 않은 사태에 당혹

감을 감추지 못하고 우리를 지켜보는 중이었다.

잠시 후 고르 켑바가 장난스럽게 왼쪽 눈을 찡긋거리며 눈웃음을 지었다. 나는 같은 방식으로 화답했다. 켑바가 다시 오른쪽 눈을 찡긋거렸으므로 나 역시 똑같이 대응해 주었다.

우리의 이상한 신경전은 켑바의 입에서 터져 나온 괴상한 웃음소리와 함께 싱겁게 끝났다. 켑바는 모든 걸 알아 버렸다는 듯 옆구리를 손바닥으로 눌러 가며 자지러지게 웃음을 터뜨렸다. 마치 천식에 걸린 사람처럼 마른기침을 섞어 가며 허리를 접는 모습은 차라리 희극에 가까웠다. 아니, 그 괴이한 웃음이야말로 내가 기대하던 광기의 서곡에 가까운 것이었다.

그런 켑바의 몰골이 어찌나 한심하던지 나 역시 괴상한 소리로 웃음을 터뜨리고 말았다. 우리는 손가락으로 상대방을 가리키며 웃다가 급기야 양손을 맞잡은 채 마구 흔들었다.

"우헤헤! 당신도 켑바가 분명하구먼."

고르 켑바가 자신 있게 미치광이라고 칭하자 나는 마음이 어느 정도 풀어졌다. 그 말이 친구로 받아들이겠다는 의미로 여겨졌기 때문이었다. 어쩌면 그와 같은 반응이야말로 내가 원했던 켑바다운 모습이기도 했다. 고르 켑바는 내 가슴에 코를 들이밀고 개처럼 킁킁, 냄새를 맡은 다음 덧붙였다.

"사랑의 신, 크리슈나의 이름으로 자신 있게 말하겠습니다. 코리안 켑바, 오늘부터 당신 가슴에 고르 켑바라는 근사한 사원 하나가 머물게 될 것입니다."

"그 사원의 실체가 무엇인지 나도 기대하겠습니다."

나는 진심으로 켑바의 면모를 직접 확인하고 싶었다. 지난 1월, 켄둘리 마을에서 벌어진 소리꾼 축제에서 목격했지만 그는 단연 뛰어난 소리꾼이자 고독한 풍자의 대가였다.

아자이 강변에 위치한 켄둘리는 불과 80여 가구를 웃도는 전형적인 시골이었다. 오래전 그 마을에서 태어난 궁정시인이자 성자 소리꾼인 자이데브를 기리는 축제는 무려 6백 년을 상회하는 역사와 전통을 지니고 있었다. 켄둘리 마을에 갑자기 수백 개에 이르는 임시무대가 설치되고, 주황색 장옷을 걸친 수천 명의 소리꾼과 백만 명을 상회하는 군중이 한꺼번에 몰려든 광경은 그야말로 장관이었다. 변변한 식당이나 여관조차 없는 곳에서 사람들은 나흘 동안 밤잠을 잊고 소리꾼들의 노래에 빠져들었다. 마을 전체가 엄청난 열기에 실려 공중으로 둥둥, 떠다니는 듯한 분위기였다.

내가 켄둘리에서 고르 켑바와 맞닥뜨린 건 축제가 파장으로 치닫던 사흘째 자정 무렵이었다. 벵골 전역에서 몰려든 소리꾼들은 축제의 대미를 장식하기 위해 마지막 신명을 쏟아붓고 있었다. 소리판이 절정으로 달아오를 무렵, 난데없이 무대 한쪽으로 잔뜩 취한 몰골의 사내 하나가 나타났다. 그의 머리칼은 화장터에서 뒹굴다 빠져나온 사람처럼 재와 지푸라기로 헝클어져 있었다.

갑자기 청중 사이로 '켑바다, 미치광이 고르 켑바가 나타났다!'는 말이 물결처럼 번졌다. 나는 술렁이는 청중에 섞여 그의 일거수일투족을 지켜보았다.

고르 켑바는 한창 노래가 진행 중인 무대 한쪽에 드러누워 동료 소리꾼과 장난을 쳤다. 그에게 진지함이나 긴장감은 조금도 엿볼 수 없었다. 청중 역시 노래보다 켑바의 괴이한 몰골에 더욱 흥미를 느끼는 것 같았다. 그들은 기대에 부풀어 어서 켑바의 무대가 시작되기를 기다렸다.

마침내 고르 켑바가 해진 바랑에서 전통 현악기 가운데 하나인 두따라를 꺼내 들었다. 그의 노래는 순식간에 사람들을 매료시켰다. 그에게 무대를 내준 다른 소리꾼마저 반쯤 넋이 나간 표정이었다.

고르 켑바가 공중으로 도약하며 춤을 곁들이자 객석에서 탄성이 터져 나왔다. 적어도 켑바가 노래를 부르는 순간만큼은 어떤 소리꾼도 그의 파격을 비난하지 못할 듯했다. 그 비난들을 일거에 잠재우는 격렬한 퍼포먼스 때문이었다.

아주 짧은 시간에 켑바는 두따라의 작은 공명통 안으로 모든 청중을 끌어들였다. 한번 시작된 춤과 노래는 새벽이 올 때까지 다섯 시간 동안 지속되었다. 신명에 찬 몇몇 소리꾼이 중간에 잠깐씩 합세했고, 급기야 객석에서 눈물을 훔치는 청중까지 생겨날 정도였다.

켄둘리 축제가 끝난 후 몇 달이 흘렀지만 나는 고르 켑바의 몰골이 종종 그리웠다. 그러나 켑바는 마당에서 기어 다니는 계집아이를 가리키며 풀어진 눈으로 히죽거릴 뿐이었다.

"헤헷, 저 딸년 이름은 켑비입니다. 로추 켑비. 미친년 로추라는 아주 훌륭한 뜻을 지니고 있지요. 쉰 살을 넘어서 본 늦둥이라 그런지 그렇게 예쁠 수가 없습니다. 나는 저년을 정말 사랑해요. 두 번째 마누라인 저 여편네 이름도 켑비입니다. 말하자면 우리 가족 모두가 미치광이인 셈입니다. 그런데 저 딸년을 낳은 후 읍내 병원에서 한바탕 싸움을 벌였어요. 담당의사가 출생신고를 해야 한다고 서류를 가져왔는데 마땅한 이름이 떠오르지 않는 거예요. 고민 끝에 로추 켑비라고 적었더니 딸을 미친년이라고 부르는 아비가 어디 있냐고 화를 내지 뭡니까. 그래서 내 딸은 상관하지 말고 고상한 당신 자식 이름이나 잘 지으라고 말해 줬지요. 그런 작자들이 미친다는 말의 경지를 제대로 알겠습니까? 아무튼 그날 이후 내 딸년은 로추 켑비가 되어 버렸는데, 나도 그만 어떤 게 성이고 어떤 게 이름인지 잊어버리고 말았습니다. 히힛, 켈켈켈!"

나는 마당을 휘젓고 다니는 계집아이를 쳐다보았다. 최근에 걸음마를 시작한 듯 뒤뚱거리다 주저앉기를 반복하는 모습이 여간 귀엽지 않았다. 켑바가 딸을 덥석 끌어안으며 말했다.

"그건 그렇고, 돈이나 좀 내놓으시오. 장을 봐야 당신들에게 점심을 대접할 게 아닙니까. 돈이 아깝다면 예수처럼 그냥 굶어 죽어도 좋고."

고르 켑바는 예수가 굶어 죽었다는 엉뚱하고도 발칙한 논리를 내세워 우리에게 점심 비용을 요구했다. 참으로 기상천외한 발상이었다. 아마 그것이 켑바의 방식인 모양이었다.

그는 내 손에서 2백 루피를 낚아챈 다음 흡족한 얼굴로 자전거를 타고 나갔다. 그렇게 집을 나선 켑바는 점심때가 한참 지나도록 돌아오지 않았다. 나는 화가 지텐으로부터 그의 기행에 관한 얘기를 들으며 무료한 심사를 달랬다.

"지금쯤 켑바는 그 돈으로 술타령에 빠져 있을 겁니다."

"나도 그런 사람은 처음 봅니다. 가족끼리 이름 대신 서로를 미치광이라고 부르다니……."

비교적 말수가 적은 라파엘까지 그만 돌아가는 게 어떻겠냐며 조바심을 냈다. 차라리 지텐을 시장까지 딸려 보내는 게 나을 뻔했다는 후회를 해 가며 우리는 배고픔을 참았다.

켑바가 주막에 죽치고 앉았다면 날이 저문 뒤에나 돌아올지도 모를 일이었다. 지텐 역시 능히 그러고도 남을 위인이라고 맞장구를 쳤다. 결국 기다리다 못 한 우리 일행이 대문을 나서려는 순간, 켑바가 얼큰한 얼굴로 돌아왔다. 그의 손엔 다행히 묵직한 장바구니가 쥐어져 있었다.

고르 켑바는 망고나무 밑에서 의기양양하게 짐을 풀었다. 그 안엔 감자와 양배추를 비롯해 야채 몇 가지와 상표도 없는 막소주 두 병, 온갖 향료로 버무린 술안주 한 봉지가 들어 있었다.

켑바의 아내가 부엌에서 나오며 살갑게 물었다.

"오늘은 어떤 음식을 만들까요?"

돌연 그의 언성이 높아졌다.

"얼빠진 여편네, 네가 장모님 아랫도리에서 나올 때 누구의 허락도 받지 않았듯이 마음대로 만들면 돼!"

"그런 당신은 세상에 나올 때 크리슈나 신께 허락이라도 받으셨소?"

그녀는 동의를 구하듯 우리를 보며 백치처럼 웃다가 잔소리가 두려웠던지 재빨리 부엌으로 자취를 감추었다.

잠시 후 켑비는 잘게 썰어 낸 코코넛 속껍질과 향료에 버무린 튀밥 안주를 쟁반 가득 내왔다. 점심이 준비되는 동안 시장기를 다스리라는 배려 같았다.

고르 켑바는 그것을 한 움큼 털어 넣은 후 내게 술을 권했다. 나는 손을 내저었다. 간혹 잔칫집에서 상표가 없는 막소주를 마시고 죽어 나간 사람들에 대한 얘기가 떠오른 탓이었다.

"켑바, 나는 해가 저물기 전엔 입에 술을 대지 않습니다."

고르 켑바가 갑자기 입가를 씰룩거렸다.

"나도 밤만 되면 호흡을 멈춘다는 엉터리 수행자를 몇 명 알고 있지."

예측을 불허하는 그의 심술을 떠올리자 차라리 한두 잔 받아 마시는 게 나을 뻔했다는 뒤늦은 후회가 나를 짓눌렀다. 눈치 빠른 켑바는 야속하게도 내 생각까지 읽어 버린 듯했다.

"헤헷, 물론 무허가로 제조한 술을 마시고 죽는 사람도 더러 있습니다. 그러나 나는 매일같이 이걸 마시고도 끄떡없습니다. 자, 천 년도 못 사는 인생을 위해 당신만 빼고 건배!"

고르 켑바는 내 어쭙잖은 변명에 독설을 풀어내며 단숨에 잔을 비웠다. 그의 눈치를 살피며 지텐과 라파엘이 차례로 잔을 받아 들었다.

그동안 망고나무 그림자는 조금씩 길어지고 있었다. 우리도 뜨거운 햇볕을 피해 옆으로 자리를 옮겼다. 얼마 후 마당에서 암캐를 데리고 놀던 켑바의 딸이 갑자기 튀밥 쟁반으로 달려들었다. 계집아이는 진흙을 만지며 놀던 손으로 순식간에 쟁반을 엎어 버렸다. 켑바가 딸과 함께 땅바닥에 엎드려 입으로 튀밥을 주워 먹자 암캐까지 꼬리를 흔들며 틈바구니로 합세했다. 우리는 잠시 난감한 표정으로 그 풍경을 지켜보았다.

"요년이 정말 귀엽지 않습니까? 내가 만든 작품 가운데 가장 멋진 년이지요. 코리안 켑바, 갑자기 6백 년 전의 노래 한 소절이 떠올랐습니다. 이봐, 켑비!"

고르 켑바가 부엌에 대고 소리치자 그의 아내가 전통 타악기 가운데 하나인 타블라를 가지고 나왔다. 그는 잠시 뜸을 들였다가 더할 수 없이 진지한 태도로 연주를 시작했다. 내가 술을 거절하면서 생긴 섭섭한 마음 따윈 접어 버린 모양이었다. 우리는 켑바의 노래에 귀를 기울였다.

고르 켑바는 노래 도중 우리 일행을 바라보며 우스꽝스러운 표정을 짓기도 했다. 그의 눈썹이 꿈틀거릴 때마다 작은 얼굴에서 온갖 표정들이 만들어졌다. 그를 가리켜 6백 년 전 세상을 떠난 자이데브의 현신이라고 칭송하는 이유를 조금은 알 것 같았다. 켑바의 익살스럽고도 환희에 찬 얼굴을 바라보며 나는 자신도 모르게 술을 한 잔 따라 마셨다.

고르 켑바의 노랫가락이 잦아들 무렵, 젊은 소리꾼 하나가 마당으로 들어섰다. 악기가 든 주황색 바랑을 둘러멘 전형적인 떠돌이 소리꾼이었다. 그의 손에는 코브라 머리를 새겨 넣은 검은색 지팡이가 쥐어져 있었다.

먼샤라는 이름의 그 소리꾼 또한 대낮부터 살짝 취해 있었다. 우리 일행과 인사를 나눈 먼샤는 옆에 앉은 암캐의 앞발을 끌어당겨 억지로 입을 맞추었다.

"그대 영혼에게 경의를! 히힛, 임자는 켑바 영감의 노래와 함께 멋진 저택에 머물고 있으니 나보다 행복한 편이구려. 켑바 어른하곤 싸우지 않고 잘 지내시는가?"

"먼샤, 어째서 내가 그 개랑 싸운단 말이냐?"

켑바의 일갈에 먼샤가 짐짓 머리를 조아리며 대꾸했다.

"임자, 아무래도 여긴 자네가 살 만한 곳이 아닌 것 같구려. 저

짓궂은 어른과 지내느니 차라리 하늘을 지붕 삼은 나를 따라나서 게나."

한바탕 웃음이 잦아들자, 고르 켑바는 젊었을 때 유럽에서 공연하던 이야기를 떠벌이기 시작했다. 여행 도중에 만난 여인들과의 로맨스에 관해서도 지치지 않고 떠들었다. 어지간한 말엔 꿈쩍도 않는 먼샤의 기를 죽이려는 심산 같았다. 먼샤는 생전 들어보지도 못한 나라들과 백인 여자에 관한 얘기 앞에서도 움츠러들지 않았다.

"이봐요, 켑바 어른! 나 역시 연애를 마다하지 않는데 어찌나 많은 여자들을 옮겨 다녔는지 이름은 물론이고 얼굴조차 희미할 정도랍니다."

먼샤의 반격에 고르 켑바는 잠시 벌어진 입을 다물지 못했다. 한쪽 입가를 씰룩이던 그는 짐짓 목청을 가다듬은 후 자세를 고쳐 앉았다.

"먼샤, 방금 자네가 탄트라에 관해 말한 것 같은데 참으로 대단한 경지에 이르렀구나. 그 수행은 세상의 온갖 죄를 씻어 주는 강물처럼 성스럽고도 위험한 것이지."

켑바는 신이 나서 여자의 성기를 뜻하는 산스크리트어 요니와 남자의 성기를 뜻하는 링감을 들먹이며 강론을 시작했다. 사실 그는 탄트라 이론에 대해서도 해박한 지식을 지닌 소리꾼이었다. 그것이 일부 동료들에게 음행으로 비쳐지면서 비난을 받기도 했지만 조금도 개의치 않는 눈치였다.

"탄트라의 세계를 완벽하게 이해한 사람은 별로 없네. 마찬가지로 요즘에 와선 진정한 소리꾼도 별로 남아 있지 않지. 자네가 원한다면 우리 암캐처럼 여기서 함께 지내도 좋아. 내가 노래와 진정한 수행을 가르쳐 주겠어. 먼샤, 오늘 탄트라의 비밀 한 가지를 가르쳐 줄까? 여자의 요니는 아궁이와 같아서 모든 걸 순식간에 태워 버리지. 그 안에 잘못 들어가면 순식간에 모두 타 버리고 재만 남는 거야. 요니의 성질을 제대로 이해하고 들어가야만 그 안에 근사한 사원을 지을 수 있는 법이지. 그게 바로 탄트라의 비밀이자 실체인 게야. 자네처럼 그저 구멍에만 집착한다면 결국엔 빈 껍질밖에 남는 게 없다는 걸 알아야 해."

이미 얼큰하게 취한 고르 켑바는 음담패설인지 탄트라 수행인지 모를 얘기를 끝없이 지껄였다.

"켑바, 껍질이라니 그게 대체 무슨 말이지요?"

켑바의 아내가 부엌에서 고개를 내밀고 소리쳐 물었다.

"그것도 몰라? 밤마다 두따라처럼 네년 아궁이에서 껄떡대는 놈을!"

그녀가 키들거리며 안으로 사라지자 먼샤는 풀이 죽은 얼굴로 암캐를 쓰다듬었다. 신이 난 켑바는 손가락으로 구멍까지 만들어가며 얘기에 열을 올렸고, 급기야 온갖 육두문자가 난무하기에 이르렀다.

얼마 후 마침내 늦은 점심이 나왔다. 그녀는 우리 앞에 접시 대신 반듯하게 잘라 낸 바나나 잎을 한 장씩 내놓고 그 위에 쌀밥과 반찬을 퍼 주었다. 나는 맨손으로 밥을 먹다 말고 먼샤에게 물었다.

"당신은 어디에 살고 있습니까?"

"내게 유일한 주소는 사랑의 신 크리슈나입니다. 신성을 찾아 이곳저곳을 떠돌다 보니 하늘 전체가 지붕이 되어 버렸지요. 저를 소리꾼으로 만들어 주신 스승님께서도 출가 수행자처럼 그렇게 살다가 세상을 떠나셨습니다."

나는 갑자기 가슴이 먹먹해졌다. 만약 수행자가 되었다면 비슷한 방식으로 인도를 떠돌고 계실 아버지가 떠오른 때문이었다.

"그렇다면 식사는 어떤 방식으로 해결합니까?"

잠시 멈칫거리는 먼샤를 돌아보며 켑바가 노래하듯 리듬을 넣어 대답했다.

"오늘은 이 마을, 내일은 저 마을을 전전하며 노래를 불러 주고 문전걸식을 합니다. 우리는 그걸 자신을 낮추고 세상을 배우는 마두까리 수행이라고 하는데, 그것이 원래 소리꾼의 전통적인 생활 방식이지요."

나는 암캐와 인사를 나누던 먼샤의 분방한 성정이 마음에 들어 두둔하고 나섰다.

"그렇다면 당신처럼 집을 가진 소리꾼보다 특정한 장소에 머물지 않는 먼샤야말로 진짜 소리꾼에 가깝지 않을까요?"

내 말에 켑바는 매우 기분이 상한 듯했다.

"코리안 켑바, 당신은 대체 무슨 이유로 여길 방문한 겁니까?"

"나는 오래전부터 고르 켑바의 진짜 모습이 궁금했습니다."

그는 뭔가 음모를 꾸미는 사람처럼 은근하게 물었다.

"방금 진짜 소리꾼과 진짜 고르 켑바에 관해 말했나요? 그렇다면 당신이 그렇게도 원하는 대답을 보여드리지요."

고르 켑바는 바나나 잎으로 만든 음식 접시를 바닥에 내려놓고 자리에서 일어섰다. 그러더니 앞섶에서 불쑥 링감을 꺼내 들었다. 어찌 된 영문인지 귀두 부분에 붉은 실 몇 겹이 단단히 묶여 있었다. 나는 당황한 얼굴로 조금 물러앉았다. 그는 의미심장한 눈길로 우리를 한 차례 쏘아본 다음 아내가 애써 차려 낸 식사 위에 오줌을 갈겨 댔다. 고르 켑바는 남근을 이리저리 흔들면서 노래를 부르기 시작했다.

> 고독한 신께서 모든 걸 창조했으니
> 지상에 신성하지 않은 건 하나도 없지
> 여기 발등을 적시는 오줌도 마찬가지라네
> 이것 또한 신의 피조물 가운데 하나라면
> 어찌 신성하지 않을 것인가
> 어찌 받아 마실 수 없을 것인가

켑바의 행동에 놀란 지텐과 라파엘이 도망치듯 대문을 나서고 있었다.

나도 링감에 매달린 붉은색 실을 쳐다보며 자리에서 일어섰다. 그리고 최대한 예를 갖추어 오줌방울이 튄 그의 발등에 이마를 조아렸다.

"자이구루, 자이구루! 당신의 링감에 경의를 표합니다!"

켑바의 흙투성이 발에서 벗어난 나는 바로 그곳을 빠져나왔다. 결국 밥을 얻어먹지 못했지만 배고픔 따위는 안중에도 없었다. 그 마을을 벗어나자 지텐과 라파엘이 가로수 아래서 걱정스런 얼굴로 나를 기다리고 있었다.

우리는 힘껏 자전거 페달을 밟기 시작했다. 멀리, 산자락 하나 없이 뻗어 나간 서쪽 대지로 해가 기우는 중이었다. 저녁 해는 다른 날보다 유난히 붉고 탐스러웠다. 우리는 얼마쯤 달리다 자전거를 세우고 일몰 풍경을 지켜보았다.

이윽고 붉은 해가 대지 너머로 사라지자 지텐이 손바닥으로 무릎을 두드리며 노래를 부르기 시작했다. 방금 전 켑바가 링감을 흔들며 부르던 노래였다. 나는 갑자기 고르 켑바가 사랑스러워졌다. 그는 분명 존경받기보다 풍자를 선택한 천재 소리꾼이었다. 그의 노랫말처럼, 고독한 신께서 지상의 모든 걸 창조한 게 분명하다면 켑바의 퍼포먼스 또한 여간 성스러운 게 아닐 터였다.

강물은 어디에서 시작되는가

두 남자는 강변에서 누군가를 기다리는 것처럼 보였다. 그들은 어둠이 시작되는 곳, 바라나시 사람들이 죽은 자의 땅이라고 부르는 강 건너 백사장을 무심히 바라보며 벌써 두 시간 가까이 그렇게 앉아 있었다.

머리카락이 하얗게 세어 버린 남자는 여든 살쯤 된 노인이었다. 그는 평범한 옷차림에 따스한 눈빛을 가지고 있었다. 그 곁에 다소곳이 앉은 사람은 불과 아홉 살쯤 되어 보이는 어린 소년이었다. 그들은 조바심을 내며 간간이 주위를 살펴보곤 했다.

강변 아래쪽에서 시체를 태우는 연기가 바람을 타고 불어왔다. 마니카르니카 가트는 바라나시에서 가장 큰 노천 화장터였다. 마침 꽃으로 장식된 주검 한 구가 들것에 실려 그들 곁을 지나가고 있었다.

"강변에서 불어오는 연기가 마치 고기를 태우는 냄새 같아요, 할아버지."

"그렇구나."

"할아버지, 저기 강 건너 백사장에 가 본 적이 있으세요?"

"글쎄다. 거긴 죽은 자와 그것을 쪼아 먹는 독수리들의 땅이란다."

어린 소년은 멀리 노인의 시선이 향한 백사장을 바라보았다. 독수리 떼가 새까맣게 몰려들어 무언가를 쪼아 대고 있었다. 강물에 떠내려 온 주검 가운데 하나임이 분명했다.

"할아버지는 죽는 게 무섭지 않아요?"

"죄를 짓지 않고 산다면 죽음은 무서운 게 아니란다."

"그래도 나는 동생이 죽어서 너무 슬퍼요, 할아버지."

"그건 나도 마찬가지란다. 얘야, 담배나 한 대 만들어 다오."

노인은 품에서 담배쌈지를 꺼냈다. 소년은 서툰 솜씨였지만 정성을 다해 파이프에 담배를 채워 넣었다. 수행자 몇 명이 화장터 옆에서 깊은 명상에 잠겨 있었다. 그들은 시바 신의 수행법을 좇아 화장터에서 6개월가량 머물다 바랑을 메고 떠나곤 했다.

"할아버지, 새로 도착한 시체에 막 불이 붙었어요."

"그래, 나도 보고 있단다."

소년은 담뱃가루가 쏟아지지 않도록 조심스럽게 파이프를 내밀었다. 노인은 흐뭇한 표정으로 연기를 뿜어냈다. 두 사람은 이마를 찡그리고 화염에 휩싸인 주검을 바라보았다. 순례자를 가득 실은 유람선이 화장터로 천천히 접근하고 있었다. 그들은 저무는 강변을 향해 연신 카메라 플래시를 터뜨렸다.

"할아버지, 저 강물은 어디에서 처음 시작된 거예요?"

"아주 오래전에 하늘에서 시작되었단다."

"피이, 거짓말! 어떻게 빗방울도 아닌 강물이 하늘에서 떨어질 수 있어요?"

"얘야, 거짓말이 아니란다. 할아버지의 할아버지가 태어나기도 한참 전인 먼 옛날, 갠지스 강물은 위대한 시바 신의 머리카락 한 올을 타고 하늘에서 히말라야로 내려왔지. 그 강물이 대지를 고루 적시면서 지금까지 흐르고 있는 거란다."

소년이 눈을 반짝이며 물었다.

"할아버지는 히말라야에 가 보셨나요?"

"아주 젊었을 때, 코끼리처럼 두 다리가 튼튼했던 시절에 하늘에서 내려온 갠지스 강물이 처음 시작된 고묵의 빙하까지 다녀온 적이 있단다."

"정말이요? 할아버지, 하늘에서 내려온 그 강물 얘기 좀 더 해 주세요."

노인은 강물을 향해 합장한 다음 입을 열었다.

"저 신성한 강물은 원래 신들의 거처인 히말라야보다 훨씬 높은 하늘에서 흘러 다니고 있었단다. 세상의 모든 죄를 단번에 씻어 주는 놀라운 힘을 지닌 물이었지."

"그런데 어떻게 해서 땅으로 내려오게 되었나요?"

"먼 옛날, 우리 조상 가운데 바기라타라고 부르던 훌륭한 왕이 계셨단다. 그런데 그 왕에겐 위대한 성자 카필라의 저주로 인해 불에 타 잿더미로 변한 조상이 있었지. 그 조상들이 어느 날 카필라 성자의 명상을 방해했기 때문에 그런 저주를 받게 된 거란다. 애야, 명심하거라! 옛날이나 지금이나 수행자의 명상을 방해하면 그처럼 벌을 받기 마련이란다."

"저기 강변에 앉아 계신 수행자 아저씨들을 방해해도 그렇게 되나요?"

"당연하지. 어쨌든 잿더미로 변한 조상을 다시 살려 낼 사람은 지상에 아무도 없었단다. 오직 천상을 흐르는 강물만이 그들의 죄를 씻어 낼 수 있었지. 하지만 그 강물을 얻는 건 여간 어려운 일이 아니었어. 바기라타 왕은 왕국을 신하에게 맡기고 히말라야로 들어가 모든 게 얼어붙은 추위 속에서 기도와 고행을 거듭했단다. 드디어 그 기도에 감동한 창조의 신 브라흐마께서 강물을 땅으로 내려 달라는 왕의 소원을 들어주셨지. 그러나 곧 다른 문제가 생겼단다. 그게 뭔지 알겠니?"

"하늘을 흐르던 강물이 모두 쏟아지면 작년처럼 커다란 홍수가 일어나겠지요."

"그래, 아주 똑똑하구나. 강물이 한꺼번에 폭포처럼 떨어져 내리면 그 힘이 엄청나서 땅이 갈라지고 집들이 무너지지 않겠니? 그걸 막을 분은 오직 시바 신밖에 없었지. 바기라타 왕은 다시 1년 동안 단식과 고행을 거듭하면서 시바 신에게 도움을 청했다는구나. 드디어 강물이 하늘에서 히말라야로 떨어지던 날 천계의 신들이 그걸 구경하려고 모여들었지. 시바 신께선 모든 신들이 보는 앞에서 튼튼한 삼지창을 땅에 꽂은 다음, 두 손으로 그걸 붙잡고 버티어 선 채 강물이 쏟아지기를 기다렸단다. 시바 신이 아니었다면 아무도 할 수 없는 일이었지."

소년은 마른침을 삼키며 앞으로 다가앉았다. 이미 날이 저문 뒤였지만 그들은 어둠을 의식하지 못하는 것처럼 보였다. 노인은 뜸을 들이듯 화장터에서 솟아오른 불길에 눈을 주었다가 말을 이었다.

"드디어 시바 신의 머리 위로 강물이 폭포처럼 쏟아지기 시작했지. 그런데 어찌 된 영문인지 시바 신의 긴 머리카락 속으로 흘러든 강물이 사라져 버린 거야. 잔뜩 헝클어진 머리카락 사이에서 그만 길을 잃어버린 게지. 몸이 달아오른 바기라타 왕은 어서 강물을 풀어 달라고 재촉했단다. 시바 신은 뒤죽박죽 얽혀 있던 머리카락 한 올을 밖으로 내주었지. 그제야 폭포처럼 사납게 쏟아지던 강물이 그 머리카락을 타고 흘러내려 호수가 되었다가 히말라야 골짜기로 흐르기 시작한 게야. 그 강물은 각각 동쪽으로 세 줄기, 서쪽으로 세 줄기씩 길을 잡았지. 그리고 마지막 일곱 번째 물줄기가 땅속 동굴을 따라 흐르다 재가 되어 버린 바기라타 왕의 조상을 찾아내 살려 내게 되었단다. 우리가 지금 바라보는 저 강물도 그 당시 왕이 기도와 고행을 거듭한 덕에 지금까지 흐르게 된 거지. 그러므로 우리는 한시도 바기라타 왕에 대한 고마움을 잊어선 안 된단다."

이야기를 마친 노인은 저문 강을 향해 기도를 올렸다. 사람들의 소망을 실은 작은 불빛들이 어둠이 내린 강물로 연등처럼 흘러가고 있었다. 나뭇잎을 엮어 만든 손바닥만한 배에 꽃잎을 가득 채우고 그 중심에 촛불을 밝힌 꽃배였다. 언제 떠났는지 화장터 옆에서 명상에 들었던 수행자들도 보이지 않았다. 시신을 먹어 치운 붉은 화염만이 어지러이 방향을 바꾸고 있을 뿐이었다.

"저도 어른이 되면 강물이 시작된 히말라야에 가 보고 싶어요. 쉿! 할아버지, 드디어 내 동생 지꾸가 왔나 봐요."

소년은 노인 뒤로 몸을 숨긴 채 어둠 속을 가리켰다. 소년의 아버지가 천으로 염한 어린아이를 품에 안은 채 강변에 서 있었다.

"그래, 네 아우가 마침내 하늘로 돌아가는구나."

"아빠 말씀을 어기고 여기에 온 걸 들키게 되면 어쩌지요?"

"그렇다면 할아버지 뒤에 숨어서 동생에게 작별 인사를 하려무나."

잠시 후 소년의 아버지가 어린 주검을 가슴에 안고 배에 올랐다. 뱃머리엔 시신에 묶여 가라앉을 커다란 돌덩이도 함께 실려 있었다. 이윽고 사공이 노를 젓기 시작했다. 소년의 아버지는 강변을 등진 채 어깨를 들썩이고 있었다.

소년은 숨을 죽이고 그 모습을 지켜보았다. 잠시 후 어린 주검은 강물 속으로 영원히 가라앉을 터였다. 소년은 그것이 하나의 죽음이며, 동생을 다시 만날 수 없다는 사실까지 어렴풋이 이해하고 있었다.

"할아버지, 내 동생은 어째서 다른 사람들처럼 화장하지 않고 강으로 가는 거지요?"

"순수한 영혼을 지닌 수행자와 어린아이는 화장하지 않는 법이란다. 네 동생은 아무런 죄를 짓지 않고 순결한 몸으로 세상을 떠났기 때문에 불에 태울 필요가 없는 거지. 우리도 강물에 손을 씻고 마지막 기도를 올리자꾸나."

"그래요, 할아버지. 내 동생 지꾸를 화장하지 않은 건 정말 잘한 일 같아요. 불은 너무 뜨거우니까요."

두 남자는 천천히 계단을 내려와 방금 전 배가 떠난 강변에 이르렀다. 노인이 손짓을 하자 어둠 속에서 소년 또래의 계집아이가 다가왔다. 소년은 아이의 손에서 두 개의 꽃배를 받아들었다. 향기로운 꽃잎들로 가득 채워진 배에는 양초 하나가 앙증맞게 들어앉아 있었다.

두 사람은 비밀스런 의식을 치르듯 양초에 불을 붙였다. 잠시 후 그 배는 불빛을 밝히며 하류를 향해 가물가물 흘러가기 시작했다. 그들은 손을 모으고 오랫동안 기도를 올렸다.

"저 배는 보이지 않는 곳까지 흘러간 다음, 새벽녘 아무도 모르게 하늘로 올라간단다. 네 아우 지꾸처럼."

소년을 등지고 선 노인의 주름진 얼굴로 한 줄기 눈물이 흘러내렸다. 소년은 꽃배가 사라진 어둠 속을 안타깝게 바라보았다. 강의 상류에서 불을 밝힌 꽃배들이 끊임없이 떠내려 오고 있었다.

"할아버지는 어떤 기도를 올리셨어요?"

"내가 죽기 전, 저 강물과 바다가 만나는 벵골 만의 강가사가르까지 순례할 수 있도록 다리에 힘을 달라고 빌었단다. 넌 어떤 기도를 올렸지?"

"빨리 어른이 되게 해 달라고 빌었어요. 그래야 할아버지를 모시고 강물이 시작된 히말라야에 가 볼 수 있을 테니까요. 내가 가장 좋아하는 크레파스를 동생에게 선물로 주겠다는 약속도 했어요."

"우리는 결국 비슷한 소원을 말한 셈이로구나. 이제 나무와 새들도 잠을 자야겠지? 우리도 그만 집으로 돌아가자꾸나."

노인의 등에 업힌 소년은 계단이 끝나는 곳에서 아쉬운 듯 고개를 돌렸다. 어둠이 내린 강으로 불을 밝힌 수십 개의 꽃배들이 소곤소곤 흘러가고 있었다. 그 불빛은 손을 흔들며 하늘로 돌아가는 동생 지꾸의 마지막 인사처럼 보였다.

우리의 친구 라자

갠지스 강을 지척에 둔 고도울리아 부근에서 갑자기 도로가 난마처럼 얽히고 있었다. 나는 택시의 창문을 내리고 도로를 살펴보았다. 저만치 마차를 모는 크리슈나 신상 앞으로 군중들이 구호를 외치며 몰려가고 있었다. 난데없이 나타난 데모 행렬이었다. 그들은 확성기를 손에 든 채 일사불란하게 움직였다.

나는 택시 안에서 하릴없이 거리 풍경을 내다보았다. 알라하바드에서 밤새 기차에 흔들리며 바라나시로 돌아온 우리 일행은 꼼짝없이 택시 안에 갇힌 꼴이 되었다. 대나무로 짠 광주리에 오이와 파파야를 가득 담은 상인들이 데모 행렬을 따라가고 있었다. 꽃을 파는 상인들도 길이 막힌 틈을 이용해 분주하게 돌아다녔다. 그들의 손에는 사원에 바치기 위한 겐다꽃과 툴시꽃 목걸이가 한 꾸러미씩 쥐어져 있었다.

한 떼의 꽃장수가 지나가자 이번엔 여자 걸인들이 나타났다. 그들의 옆구리엔 하나같이 갓난아이가 매달려 있었다. 세상 구경을 나온 지 불과 서너 달도 되지 않은 젖먹이들이었다.

그들은 택시의 차창에 필사적으로 매달렸다.

"선생님, 내게 자선을! 신의 이름으로 우리 아이에게 자선을! 아이와 저는 닷새 전부터 한 끼도 먹지 못했어요."

나는 짐짓 그들의 칭얼대는 소리를 외면했다. 비슷한 또래의 아이를 안고 있는 여인들이 신기할 지경이었다. 사정이 딱한 집에 약간의 돈을 지불하고 아침마다 아이를 빌려 오기도 한다는 라자의 설명을 들으며 나는 고개를 흔들었다. 동정심을 끌어내려는 게 그들의 목적이라는 거였다.

여인들은 온갖 표정과 몸짓을 동원해 새처럼 지저귀다 다른 택시로 달려가곤 했다. 마치 달콤한 열매를 찾아 가지를 옮겨 앉는 새처럼, 여인들은 자동차와 자동차 사이로 잽싸게 옮겨 다니고 있었다.

그런데 한 여인은 달랐다. 그녀는 작정한 듯 우리 곁을 떠나지 않고 꿀벌처럼 잉잉거렸다. 다른 가지로 옮겨 앉는 것보다 한곳에 매달리는 게 훨씬 확률이 높다고 판단한 듯했다. 그녀의 옆구리에도 여지없이 갓난아이 하나가 매달려 있었다.

물끄러미 아이의 얼굴을 쳐다보던 라자가 드디어 창밖에 대고 포문을 열었다.

"이봐, 이제 그만 하늘로 돌아가시게! 왜 아직까지 지상을 떠나지 못하고 얼쩡거리는 게야?"

갑작스런 고함에 몇 걸음 물러섰던 여인이 계면쩍게 웃으며 다시 차창을 붙잡았다. 라자는 여인의 끈기에 못 당하겠다는 듯 호주머니를 뒤적였다.

"나 역시 일생 동안 돈을 한 푼도 벌어 보지 못한 놈이야. 이제껏 친구들 도움으로 근근이 버티는 거라고."

라자는 여인의 손에 10루피를 쥐어 주었다. 그러자 동태를 주시하던 다른 여인들까지 우르르 몰려들어 순식간에 택시를 포위해 버렸다.

"좋아, 좋아. 너희나 나나 다들 하늘로 돌아갈 때가 되었지!"

라자는 손에 잡히는 대로 동전과 지폐를 나누어 주었다. 잠시 후 길이 열리자 차도를 점거했던 꽃장수와 걸인들도 주춤주춤 물러섰다.

나는 라자에게 농담을 던졌다.

"방금 좋은 생각이 떠올랐는데 말이야. 갓난아이를 모아 저들에게 안겨 주는 중개업을 해 보는 건 어때?"

"쯧쯧, 자네도 인도에 너무 오래 머문 것 같군."

라자가 평생 동안 돈을 벌지 않은 건 사실이었다. 그는 아이를 셋이나 둔 가장이었지만, 집안 살림과 자녀 양육은 피아노 교습소를 운영하는 장님 아내가 해결하고 있었다. 젊은 시절 극렬한 사회주의자였던 라자는 나이가 들자 이념과의 싸움을 내려놓고 인도 곳곳에 흩어진 친구를 찾아다녔다.

라자가 그들로부터 용돈을 조달받는 방법도 재미있었다.

"이봐, 5백 루피짜리를 마지막으로 구경한 게 언제였는지 모르겠어. 간디 영감이 그려진 그 종이 쪼가리가 요즘도 통용되긴 하는가? 그렇다면 우정의 이름으로 잠깐 구경만 시켜 주시게."

친구들은 그런 라자에게 기꺼이 돈을 쥐어 주곤 했다. 그는 흡족한 표정으로 지폐 양면을 샅샅이 살펴보고 냄새까지 맡다가 아쇼카 왕의 상징인 돌사자 인장을 가리키며 자기가 전생에 쓰던 거라고 너스레를 떨었다. 그래서 자기 이름도 왕이라는 뜻인 라자가 아니겠느냐는 거였다.

그는 가난했지만 결코 비굴한 사람은 아니었다. 오히려 직업을 가진 친구들보다 훨씬 당당했고, 어느 상황에서도 절묘하게 빛나는 유머는 좌중을 흥겹게 만들었다.

라자는 또한 책 읽기를 좋아했다. 그의 서재엔 만 권도 넘는 책들이 벽돌처럼 빼곡히 박혀 있었다. 그 가운데 일부는 친구 집이나 도서관, 혹은 헌책방에서 슬쩍 집어 온 것들이었다. 방대한 독서량에도 불구하고 그는 자신의 지식을 구태여 자랑하지 않았다. 누가 뭔가를 물어 보면 그제야 자신이 알고 있는 걸 유머를 섞어 가며 설명할 따름이었다.

직업도 없는 사람이 왜 그렇게 많은 책이 왜 필요한지 물으면 그는 흔쾌히 대답하곤 했다.

"내가 그렇게도 소원하던 히말라야 여행을 마치고 나면 이 책을 모두 갠지스 강변에 장작처럼 쌓을 거야. 그 위에 내 시신이 눕혀지는 거지. 다음 세상에선 지식이나 서적이 마른 쇠똥보다 쓸모가 없기 때문이지. 나 같은 가난뱅이에게 화장에 쓸 전단향 나무는 너무 비싸기도 하고. 아무쪼록 벗들은 내가 살아 있을 때 장작 값에 부의금을 얹어 미리 지불하는 아량을 보여 주게나."

우리는 그의 장례식 풍경을 떠올리며 흥분으로 몸을 떨었다. 검은 활자들과 어우러져 연기로 사라지는 라자의 육신은 상상만으로도 흥겨웠다. 그는 나이와 무관하게 누구에게나 똑같이 대했다. 그래서인지 라자에겐 나이가 어린 친구도 많았다. 당연한 일이지만 그들은 라자를 '우리의 친구 라자'라고 불렀다. 그러나 오만하거나 잘난 체하는 사람에겐 장소를 불문하고 여지없이 그의 날카로운 풍자가 날아가곤 했다.

바라나시 힌두대학에서 최고의 음악가였던 자킬 후세인의 타블라 공연이 벌어질 때였다. 나는 강변 화장터에서 몇 구의 주검이 화염과 함께 사라지는 걸 지켜보다가 그와 함께 공연장으로 달려갔다. 자킬 후세인의 인사말이 다소 장황하다고 여겨진 순간, 여지없이 라자의 한 마디가 무대로 날아갔다.

"이봐, 사설은 집어치워! 우린 인도에서 최고라는 당신의 타블라 연주를 듣기 위해 지금까지 기다린 거야!"

우리의 친구 라자는 음악을 지독하게 사랑했다. 나는 그가 켄둘리 음악 축제에서 사흘 동안 한숨도 자지 않는 것을 지켜보았다. 그는 화장실에 가는 시간을 줄이기 위해 음식이나 물도 거의 입에 대지 않았다. 그가 사흘 동안 입에 넣은 음식이라곤 평소의 한 끼 식사보다 적은 양이었다. 그래서 우리는 그를 초인 라자라고 부르기도 했다.

바라나시로 돌아온 우리는 라자의 집 옥탑방으로 몰려가 조촐한 파티를 벌였다. 알라하바드에서 12년 만에 벌어진 요기들의 축제에 참석했다가 돌아왔지만 그냥 헤어지기가 아쉬워서였다. 싸구려 위스키와 홍차, 그리고 약간의 담배와 비스킷만 있으면 우리는 밤이 새도록 대화를 나눌 수 있었다. 그러다가 피곤하면 아무렇게나 자리에 누웠고, 사람들의 웃음보가 터지면 슬그머니 다시 일어나 화제에 끼어들곤 했다.

어느덧 자정이 지나고 있었다. 기차 여행이 피곤했는지 벌써 코를 곯아 대는 사람도 있었다.

"자네, 우리가 다녀온 알라하바드 꿈부멜라에 얼마나 많은 사람이 모였는지 아는가?"

"대략 3백만 명?"

"내일 당장 신문을 사서 읽어 보게. 요기들과 순례자를 합쳐 연인원 5천만 명 정도가 참여했다고 떠들고 있을 거야."

"믿어지지 않는군."

"12년 전에도 그 정도의 인원이 모였다네. 신을 찬양하기 위해 그처럼 많은 사람들이 모인다는 건 세상 어디에도 유래가 없는 일일 거야. 우리는 5천만 분의 1에 불과한 인생일 따름이지. 우리가 꿈꾸는 사랑이나 욕망도 그렇지 않겠는가. 알라하바드에서 요기 귀신이 따라왔는지 잠이 오지 않는군. 나는 바람이나 쏘이고 돌아오겠네."

라자는 문을 나서기 전 잠든 친구들을 둘러보며 윙크를 날렸다. 나는 라자가 신발을 끌며 아래층으로 내려가는 소리를 들었다. 우리는 아무도 그를 따라나서지 않았다. 라자는 종종 그런 식으로 혼자만의 시간을 즐기곤 했다.

오늘밤도 그는 갠지스 강변에서 화염에 싸인 주검을 바라보며 명상의 시간을 즐길 터였다. 라자는 그 행위가 '죽음을 소재로 한 명상'이며, 인도에서도 강변 화장터가 가상 많은 바라나시야말로 그런 수행에 가장 적합하다고 말하곤 했었다.

몇 달 전 새벽, 라자가 젊은 장님 사내를 집으로 데려온 것도 강변에서였다. 라자는 의아해하는 친구들을 향해 심드렁하게 말했다.

"아내에게 기부하려고 데려온 남자야."

우리가 이유를 묻자 라자는 명쾌하게 설명했다.

"내 아내는 장님이라서 세상 구경을 다닐 수 없는 처지잖아. 이제 아이들도 출가했고, 나는 한 해의 절반 이상을 밖으로 떠돌며 사는데 아내에겐 참으로 불공평한 처사지. 그래서 그녀에게 선물로 주려고 둘째 남편을 구해 온 거야. 물론 이 남자를 오랫동안 지켜보고 결정했으니 크게 염려하지 않아도 된다네."

우리가 쉽게 납득하지 못하자 라자는 사내의 어깨에 팔을 두르며 설명을 덧붙였다. 그들끼린 이미 얘기가 끝난 것 같았다.

"이 사람들아, 세상에 일부다처제가 있다면 일처다부제 또한 이상한 일이 아니라네. 최근까지 티베트에선 여러 형제들이 한 여자와 가족을 구성해 살았다지 않은가. 인류 역사상 가장 위대한 서사시로 추앙받는 마하바라타가 인도의 영혼이라는 사실을 부인할 사람은 없겠지? 그 서사시를 보면, 판다바의 다섯 형제와 드라우파디 공주가 일처오부의 결혼생활을 하면서 모든 걸 공유하지 않던가. 우리 조상이 아주 오래전에 했던 일을 내가 차용했을 뿐인데 뭐가 대수란 말인가. 더구나 내 아내와 저 사내는 서로 도움이 필요한 입장이라네. 이봐, 형제! 그렇게 생각하지 않는가? 오늘부터 여긴 자네 집이기도 하다네. 내 아내 또한 자네의 아내이기도 하고 말일세."

그 후 라자는 웬만해선 살림집인 아래층에 얼굴을 비추지 않았다. 물론 장님 사내도 가능하면 옥탑방 출입을 자제하는 것처럼 보였다. 시간이 흐르자 라자의 아내 또한 그 이상한 동거에 어쩔 수 없이 동의한 모양이었다.

우리의 친구 라자는 그런 위인이었다. 오늘밤에도 그는 화장터를 바라보며 세상의 관습과 대적하고 있을 게 분명했다. 나는 갠지스 강을 통과하는 기차 소리를 들으며 어렴풋이 잠에 빠져들었다.

"이봐, 라자! 이제 그만 히말라야로 돌아가시게. 왜 아직도 저 자거리에 머물고 있는 게야? 그것으로 충분해. 이제 자네도 출가할 때가 되지 않았는가."

새벽녘, 나는 실눈을 뜨고 어둠 속에서 들려오는 목소리의 진원지를 올려다보았다. 어느새 강변에서 돌아온 라자가 거울에 비친 자신을 향해 속삭이고 있었다. 그는 눈이 마주치자 입에 손가락을 대고 신호를 보냈다.

"쉬잇!"

나는 라자가 짊어진 배낭을 가리키며 작은 소리로 어딜 가느냐고 물었다. 그는 대답 대신 먼 곳을 가리키며 히말라야라고 속삭였다. 나는 잠시 기다려 달라는 신호를 보낸 다음 자리에서 일어나 조용히 짐을 꾸렸다.

잠시 후 우리는 바라나시역으로 향하는 택시에 몸을 실었다. 오랜만에 집으로 돌아온 라자는 겨우 하룻밤을 머문 후 다시 길을 나서고 있었다. 어쩐지 이번엔 라자에게 아주 긴 여행이 될 것 같은 예감이 들었다.

하이데라바드행 특급 기차

지난밤 바라나시를 출발한 기차는 열여덟 시간째 남쪽을 향해 달리고 있었다. 잠깐씩 기차가 멈출 때마다 장사치들이 객실로 올라와 온갖 법석을 떨었다. 그들은 주전자에 든 차와 함께 땅콩 과일 튀김 비스킷 따위를 팔기 위해 승객 사이를 비집고 다녔다. 그러다 기차가 출발하면 승강구를 통해 민첩하게 뛰어내리곤 했다.

바라나시와 하이데라바드를 잇는 특급 기차는 무서운 속도로 데칸 고원을 질주하는 중이었다. 차창 밖 지평선으로 광활한 평원이 끝없이 펼쳐졌다. 다만 군데군데 솟아오른 커다란 바위와 건조한 풍경들이 데칸 고원으로 들어섰음을 알려 줄 따름이었다. 예정대로라면 종착역엔 새벽 네 시쯤에야 도착할 터였다.

"저기 볼라쉬꽃이 떨어지네!"

하루 종일 끄덕끄덕 졸던 노파가 창밖을 가리키며 혼잣말처럼 중얼거렸다. 차분한 눈빛과 매끄러운 피부로 인해 나이보다 훨씬 곱게 보이는 노파였다. 군데군데 드러난 하얀 머리카락과 눈가에 잡힌 주름마저 수평으로 날아든 저녁 햇살 때문인지 온화하게 보였다.

노파가 미소를 머금은 채 바라보는 평원으로 한 아름도 넘는 볼라쉬 나무가 거인들처럼 늘어서 있었다. 나뭇가지마다 주렁주렁 매달린 자주색 꽃이 어찌나 크고 탐스럽던지 하나씩 떨어질 때마다 기차 안에까지 툭, 하는 소리가 들려올 것만 같았다. 나무 밑으로 과일처럼 쏟아져 내린 꽃송이를 염소 떼가 주워 먹고 있었다.

"저 꽃이 지고 나면, 가지마다 푸른 잎사귀가 돋아나기 시작할 게야. 한번 지면 그만인 우리네 인생과 다르지. 오늘따라 데칸 고원의 일몰 풍경이, 아주, 각별하게 보이는구먼."

창밖을 응시하던 노인이 지친 목소리로 쉬엄쉬엄 말을 이었다. 어딘지 병색이 짙어 보이는 노파의 남편이었다. 그는 한 문장을 온전히 말하기도 힘에 겨운 듯 잠깐씩 숨을 고르곤 했다.

노인은 한때 하이데라바드 대학에서 일리아드 오디세이에 비견되는 인도의 서사시 마하바라타를 강의하던 문학부 교수이자 원로시인이었다. 시인으로서의 삶이 그다지 성공적인 건 아니었지만 노인은 명성에 개의치 않았다. 한 해가 지나면 한 살 더 늙어가듯 운명에 거역하지 않으면서 경외심을 품은 채 위대한 서사시를 해석했고 또 자신의 시를 써 왔을 뿐이었다. 젊은 시절에 집안의 중매로 만나 벌써 60여 년째 살을 맞대고 살아온 부부는 마치 오누이처럼 닮아 보였다.

부부 앞에 놓인 간이테이블엔 진흙으로 구운 작은 항아리 하나가 앙증맞게 자리하고 있었다. 하이데라바드에서 기다리는 가족을 위해 갠지스에서 손수 담아 온 강물이었다.

그들은 바라나시로 마지막이 될지도 모를 여행을 떠났다가 고향으로 돌아가는 중이었다. 바라나시를 찾는 순례자 중엔 간혹 죽음을 목전에 둔 사람도 있었다. 그들은 성스러운 강에서 죄를 씻어 내며 죽음의 순간을 기다렸다. 화장한 재가 갠지스 강에 뿌려져야만 고통스러운 윤회로부터 벗어나 최고의 축복을 얻는다고 여기는 종교적 믿음 때문이었다.

그러나 노인은 바라나시에서 죽음을 맞고 싶은 생각이 없었다. 갠지스 강에서 목욕을 마쳤으니 어서 돌아가 고향의 가족들 앞에서 죽음의 관문에 들어서고 싶었다. 그것이 병상의 몸을 이끌고 순례 여행에 나섰던 이유였다.

사실 노인은 이제껏 누구에게도 말하지 않았지만 천상의 세계에서 다시 태어나고 싶은 욕심이 없었다. 그 세계가 아무리 세상의 온갖 오욕을 벗어난, 태어남도 죽음도 없는 완벽한 곳이라 하더라도 그에겐 인간 세상이 더욱 따습게 여겨진 때문이었다. 정말이지 노인은 신화에 나오는 우유의 바다나 천상이 아니라 지상에서 인간의 모습으로 다시 태어나고 싶었다.

노인에게 여기 지상은 시바나 브라흐마, 혹은 비슈누가 머문다는 신들의 피안보다 아름다운 세계였다. 노인의 그러한 소망은 죽음이 다가오면서 점점 강렬해졌다.

"여보! 데칸 고원보다 아름다운 일몰 풍경은 세상 어디에도 없을 거야."

차창 밖으로 저녁놀을 바라보며 노인이 탄식하듯 말했다. 그는 평온한 얼굴을 유지하려고 노력했지만 간혹 숨을 고르는 일마저 위태로워 보였다.

"아무렴요. 저 일몰처럼 인생의 황혼을 적절히 말해 주는 건 없겠지요."

"나와 사는 동안, 당신도 어느덧 시인이 다 되었구려."

노파는 부끄러운 듯 얼굴을 붉히며 차창 밖으로 눈을 돌렸다. 그녀는 노을이 물감처럼 번져 가는 하늘을 기운 없이 바라보았다. 저녁 햇살을 받아 볼라쉬꽃도 더욱 붉고 탐스럽게 보였다. 저무는 고원으로 물소 몇 마리가 느릿느릿 걸어가고 있었다.

노인의 눈가에 조용히 이슬이 맺혔다. 그것은 노파도 마찬가지였다. 그들은 다른 방향을 보고 있었으므로 서로의 눈에 이슬이 맺히는 걸 알아채지 못했다.

하이데라바드행 특급 기차는 노부부가 살아온 세월보다 훨씬 빠른 속도로 질주하는 것처럼 보였다. 이미 통과한 역이나 지나간 풍경에 대한 미련 따위는 안중에 없다는 듯 목적지를 향해 무섭게 달려갈 뿐이었다.

노파가 눈가의 물기를 몰래 손등으로 훔치며 창밖을 가리켰다.

"볼라쉬꽃은 어쩌면 저토록 탐스러운 모습으로 매달려 있을까요? 그런데도 서둘러 꽃송이를 떨궈야 하다니……. 여보, 저길 좀 보아요. 물소들까지 꽃을 주워 먹고 있네요."

노인은 울고 있었으므로 대답할 수 없었다.

"여보, 갑자기 옛날 생각이 떠오르는군요. 내가 첫째아이를 가졌을 때 입덧이 심했잖아요. 어느 날, 너무 안타까워하던 당신을 보니 은근히 놀려 주고 싶었지 뭐예요. 기억나세요? 그때 내가 반얀나무 위로 둥실 떠오른 보름달을 먹으면 입덧이 사라질 것 같다고 응석부렸던 일을?"

노인은 젊은 날을 회상하듯 아내의 손을 쓰다듬었다.

"사실은 그때 당신을 놀리려고 투정을 부린 거였지요. 하지만 당신은 기어코 만월을 먹여 주셨어요. 세상의 어떤 남편도 당신처럼 지혜롭고 자상할 순 없을 거예요. 기억나요, 당신?"

노파의 얼굴로 홍조가 번졌다.

"그날따라 만월은 어찌나 곱고 탐스럽던지. 당신은 내 말이 떨어지기 무섭게 부엌으로 달려가 커다란 은쟁반 하나를 가지고 나오셨지요. 그 안에 우유를 가득 부은 다음 크리슈나 신께 기도까지 올리셨어요. 이윽고 당신이 기도를 마치자 잔잔한 우유 쟁반 속으로 마법처럼 만월이 들어와 박혔지 뭐예요. 당신은 마치 자비로운 성자처럼 말씀하셨지요. '지상에서 가장 고귀한 여인이여, 보름달이 차갑게 식기 전에 어서 들이켜시구려!' 내 삶에서 그날처럼 감동적인 순간은 없었던 거 같아요. 당신은 진정 신통한 마법사였지요. 바로 그날부터 날 괴롭히던 입덧이 감쪽같이 사라졌으니까. 아니, 당신! 지금 울고 계신 건가요?"

노인은 대답하지 않았다.

"어쩐 일이에요? 마하바라타의 쿠루 평원 전투에서 적장을 꾸짖던 크리슈나처럼 강인하던 분이 눈물을 다 흘리시다니, 대체 무슨 일이 일어난 거지요?"

노인은 창밖에 두었던 시선을 천천히 거두어들였다. 그는 눈물을 훔치며 병자라고는 믿어지지 않을 정도로 또박또박 말했다.

"당신이 있어서, 정말, 행복한 인생이었어. 다음 세상에도, 저렇게 처연하도록 아름다운 일몰을 볼 수 있을까?"

노파는 고개를 끄덕이며 노인의 이마로 흘러내린 머리카락을 쓸어 올려 주었다.

창밖은 서서히 어둠이 내려앉고 있었다. 어둠의 농도는 시간이 갈수록 짙어졌다. 고원 마을의 불빛들이 빠른 속도로 다가왔다 물러나곤 했다. 기차는 일정한 리듬으로 흔들리며 데칸 고원을 질주하고 있었다.

노부부는 어느새 깊은 잠에 빠져들었다.

새벽 네 시, 드디어 열다섯 냥의 객실을 매단 하이데라바드행 특급 기차가 종착역에 멈추었다. 무려 스물일곱 시간이나 달려온 긴 질주였다. 데칸 고원의 동쪽 하늘에서 푸른 기운이 스멀스멀 번져 오고 있었다.

잠에서 깨어난 노파가 눈을 비비며 천천히 짐을 꾸렸다.

"여보, 저기 새벽하늘 좀 보아요!"

남편을 흔들어 깨우던 노파의 손이 한순간 볼라쉬꽃처럼 툭, 떨어져 내렸다.

그녀의 볼을 타고 굵은 눈물방울이 떨어졌다. 이윽고 정신을 수습한 노파는 차갑게 식어 버린 남편의 옷매무시를 가지런히 정돈한 다음, 먼동이 터 오는 동쪽 하늘을 향해 기도를 올렸다. 그녀의 간절한 기도는 날이 밝고 역무원이 객실로 올라올 때까지 계속되었다.

인도로 가는 동안 3

내가 소의 눈물을 목격한 것은 그야말로 우연이었다.

그날 아침, 나는 뉴델리의 빠르간지에 위치한 간이식당에서 바나나 커드를 먹고 있었다. 한 평 반쯤 되는 실내 공간과 길가에 긴 의자 두 개를 덜렁 내놓은 그 식당은 손수 우유를 발효시켜 만든 커드가 특히 신선했다. 그 외에도 커드를 갈아 만든 라씨와 대형 솥뚜껑을 뒤집어 걸고 끓여 파는 우유도 손님들이 주로 찾는 메뉴 가운데 하나였다. 먼저 온 대여섯 명이 자리를 차지하고 앉으면 나머지 손님은 선 채로 음식을 먹어야 하는 소박한 곳이었지만 아침 장사가 특히 괜찮은 편이었다.

나는 커드를 향해 달려드는 파리 떼를 쫓아내며 거리 풍경을 바라보았다. 빠르간지 시장 골목은 이른 아침부터 소음과 거리를 가득 메운 행인들로 북적대고 있었다. 오늘은 반드시 만나야 할

약속이나 방문할 곳이 있는 것도 아니었다. 나는 인파에 섞여 산책이나 해 볼 요량으로 빈 접시를 내려놓고 자리에서 일어섰다.

그런데 얼마 걷지 않아 일정한 리듬으로 흘러가던 행인들이 갑자기 양편으로 갈라지고 있었다. 무슨 일인가 싶어 사태의 진원지로 고개를 돌리자 도로 한복판을 위풍당당하게 걸어오는 소 한 마리가 눈에 들어왔다.

그 소는 방금 페인트칠을 끝낸 건물처럼 온몸이 깨끗한 하얀색을 띠고 있었다. 나는 이제껏 그렇게 크고 훌륭한 골격을 지닌 소를 본 적이 없었다. 보통 소보다 세 배쯤 되는 육중한 체구, 완벽한 대칭을 이루며 활처럼 뻗어 오른 두 개의 뿔, 걸음을 옮길 때마다 꿈틀대는 멋진 근육은 탄성을 자아낼 만큼 늠름했다. 그 모습에선 시바 신이 거주하는 신화 속에서 방금 세상으로 튀어나온 암소 난디처럼 우아한 품위마저 뿜어져 나왔다.

그러나 하얀 소는 신화의 세계와 어울리지 않게 엄청난 양의 사탕수수가 실린 달구지를 끄는 중이었다. 그 위에 걸터앉은 자주색 터번을 두른 사내가 허리를 곧추세운 채 연신 고삐를 흔들었다. 그는 도로가 뒤엉킬 때마다 행인들을 향해 연신 소리를 질러 대곤 했다.

나는 소의 자태에 반한 나머지 달구지를 따라나섰다. 아스팔트가 뿜어내는 열기로 인해 도로는 점점 달아오르고 있었다. 소달구지는 생각보다 빠른 속도로 성큼성큼 나아갔다. 그런데 인파를

뚫고 거침없이 진군하던 소가 얼마 후 길 위에 멈춰 서고 말았다. 갑자기 좁은 골목에서 튀어나온 삼륜자전거와 충돌한 탓이었다. 순식간에 몰려든 구경꾼으로 인해 거리는 통제가 힘들 정도로 뒤엉켜 버렸다. 사탕수수 더미에서 뛰어내린 터번의 사내도 당황한 모습이 역력했다. 자전거를 몰던 청년의 무릎과 팔꿈치에서 핏물이 흘러내리고 있었다.

소달구지를 에워싼 구경꾼들이 여기저기서 큰소리로 떠들기 시작했다.

"자전거가 골목에서 너무 빠른 속도로 튀어나왔기 때문에 충돌 사고가 일어난 거야."

"아무렴. 그렇게 갑자기 튀어나오면 크리슈나의 전차라도 피할 도리가 없지."

"여기 찌그러진 자전거 바퀴를 보게. 날마다 신께 기도를 올리지 않는다면 이런 일들이 벌어지게 마련이지."

"그나마 소가 다치지 않았으니 다행이지 뭔가!"

"저 늠름한 소의 골격을 보라고. 시바 신이 타고 다녔다는 난디의 피를 물려받은 게 틀림없어."

상상력이 풍부한 구경꾼들은 오랜 신화까지 들먹이며 마구 떠들었다. 그런데 이상한 일은 소달구지를 탓하는 이가 거의 없다는 점이었다. 어쩌면 그들은 소의 당당한 체구에 압도된 나머지 불경한 말을 입에 담지 못하는 것처럼 보였다.

나는 걸핏하면 신화를 끌어들이는 인도 사람들의 성정에 탄복하며 몇 걸음 다가섰다. 하얀 소를 꼼꼼히 살펴보고 싶어서였다. 그런데 놀랍게도 소가 울고 있었다. 검은 눈망울에서 떨어진 눈물로 인해 아스팔트 위로 주먹만한 얼룩이 점점이 번지는 중이었다.

그 순간, 3년 전의 사건 하나가 주마등처럼 떠올랐다.

그 당시 나는 전기도 들어오지 않는 웨스트벵골의 후미진 시골에서 오토바이 사고를 당했다. '온몸이 황금으로 이루어진 성자'라고 칭송 받던 백 살도 넘은 요기를 만나러 가던 길이었다. 그의 제자 가운데 몽골리언 얼굴이 섞여 있다는 얘기가 흥미를 자극한 때문이기도 했다. 나는 인도에서 사라진 아버지를 떠올리며 막연한 기대를 품고 오토바이 속도를 올렸다.

쟁기질로 분주한 벵골의 들녘 풍경은 풍경화처럼 아름다웠다. 그런데 언제부턴가 트럭 한 대가 흙먼지를 일으키며 내 뒤로 따라붙었다. 나는 길을 터 줄 요량으로 속도를 늦추면서 오토바이를 갓길로 몰았다. 우기의 빗발로 인해 바닥이 군데군데 파여 나간 갓길은 여간 위태로운 게 아니었다.

어찌 된 일인지 트럭은 나를 추월하지 않고 바로 곁에서 나란히 달리기 시작했다. 나는 진땀을 흘리며 어서 트럭이 지나가기를 빌었다. 그때 머리에 수건을 두른 사내가 운전석 밖으로 고개를 내밀고 고함을 질렀다. 그는 내게 어느 나라 사람이냐고 묻고 있었다. 나는 대답하지 않았다. 아니, 울퉁불퉁한 도로에 온 신경을 집중하느라 대답할 겨를이 없었다.

그는 다시 이름이 뭐냐고 소리쳤다. 트럭 기사는 위태롭게 갓길로 내몰린 오토바이 따위엔 관심도 없는 듯했다. 나는 화를 참지 못하고 '빠골!'이라고 소리쳤다. 우리말로 개자식쯤에 해당하는 벵골 지역의 욕설이었다. 참으로 어처구니없는 일이었지만, 듣기에 따라선 내 이름이 빠골이라고 대답한 꼴이었다.

사내는 그쯤에서 만족했는지 갑자기 속도를 올렸다. 그 순간 트럭이 일으킨 흙먼지를 뒤집어쓴 채 나는 논바닥으로 처박혔다.

나는 잠시 정신을 잃었던 모양이었다. 얼마 후 눈을 뜨자 트럭과 흙먼지는 온데간데없이 사라진 뒤였고, 대신 스무 명 남짓의 남자들이 나를 내려다보고 있었다. 인근에서 모내기를 하다 달려온 농부들 같았다.

그들은 굳게 입을 다문 채 똑같은 표정으로 이방인을 구경하고 있었다. 내가 논바닥에서 기어 나오는 동안에도 손을 내밀기는커녕 말을 건네는 사람조차 없었다. 온몸이 햇볕에 그을린 농부들은 마치 불시착한 외계인을 보듯 내 일거수일투족을 응시할 따름이었다. 깊은 시골이어서 그런지 외국인을 처음 대하는 표정들이었다.

나는 그들의 시선을 무시하고 몸을 움직여 보았다. 다행히 뼈가 부러진 곳은 없었고 찰과상을 입은 팔뚝과 종아리 근처에서 피가 흘러나왔다. 나는 간신히 오토바이를 도로 위로 끌어올렸다. 농부들은 뜨거운 햇볕 아래서 여전히 나를 구경할 따름이었다. 한편으로 야속한 마음이 들었지만 트럭 기사처럼 내 국적이나 이름을 묻지 않아 그나마 다행이란 생각이 들었다.

그러나 잠시 후 그것은 오산임이 드러났다.

내가 수건으로 상처에서 흘러내린 피를 닦아 낼 때까지 그들은 고집스럽게 지켜보기만 했다. 그들의 눈빛으로 미루어 이방인에게도 붉은 피가 흐른다는 사실이 신기한 듯했다.

나는 상처를 대충 치료한 다음 나무 그늘로 자리를 옮겨 앉았다. 그들도 일정한 거리를 유지한 채 반원을 그리며 나를 에워쌌다. 나는 짐짓 농부들의 시선을 무시하고 담배를 피워 물었다.

담배를 반쯤 피우자 40대 초반으로 보이는 농부 하나가 쭈뼛거리며 다가왔다. 나는 '무엇을 도와줄까요?'라는 질문을 기대하며 대수롭지 않다는 듯 웃어 주었다. 그러나 농부의 관심은 내가 아닌 담배에 있었다. 그는 무안할 만큼 직선적인 눈길로 담배가 든 호주머니만 관찰했다. 내가 피우는 외국산 담배가 호기심을 자극한 모양이었다.

드디어 관찰이 끝났는지 농부가 턱을 치켜들고 더듬거렸다.

"나도 담배 하나, 줄래요?"

나는 어처구니가 없어서 웃음을 터뜨렸다. 도와주기는커녕 담배를 청하는 그의 태도가 쥐어박고 싶을 만큼 얄미웠다. 접촉사고 앞에서 피를 흘리는 사람보다 소가 다치지 않아 다행이라는 빠르간지 구경꾼들과 다를 바 없는 심보였다. 정말이지 인도 사람의 정신세계엔 종종 상식을 뛰어넘는 구석이 있었다. 나는 어쩌는지 지켜보자는 심산으로 그에게 담배 한 개비를 내주었다.

농부가 집중해서 담배를 피우는 모습은 경탄스러울 정도였다. 나는 그처럼 담배를 맛있게 피우는 사람을 본 적이 없었다. 그는 가늘게 실눈을 뜨고 모든 감각을 손가락에 집중한 채 연기 한 올까지 음미하고 또 음미했다.

농부의 모습에 반한 나는 그 자리에서 담배 한 갑을 몽땅 건네주고 말았다.

"당신은 어떤 좋은 이름을 가지고 있나요?"

농부가 눈을 반짝이며 내게 이름을 물었다.

"림카!"

나는 입가에 웃음을 머금은 채 인도 친구들이 지어 준 이름을 말해 주었다. 그러자 적당한 거리를 유지하고 있던 다른 농부들까지 슬금슬금 다가왔다.

"어느 나라에서 오셨습니까?"

"코리아!"

"그 나라는 히말라야에 있나요?"

"아닙니다. 해가 뜨는 동쪽으로 비행기를 타고 일곱 시간쯤 날아가야 합니다."

그들은 동시에 감탄사를 토해 냈다. 내가 당한 사고 따위는 안중에도 없는 표정이었다.
"그 나라도 우리처럼 벼농사를 짓습니까?"
"그럼요. 여기처럼 삼모작은 아니지만 일 년에 한 번씩 수확합니다."
"그 나라 농부들은 무척 게으른 모양이군요."
다른 농부들이 동의하듯 큰소리로 웃어 댔다.
"당신은 소를 몇 마리나 가지고 있나요?"
"나는 어떤 동물도 기르지 않습니다."
"그 나라 사람들도 힌두교를 믿나요?"
"아니오, 우린 전통적으로 불교를 믿습니다. 당신들이 비슈누 신의 아홉 번째 화신으로 일컫는 싯다르타를 말하지요. 물론 기독교를 믿는 사람도 많습니다."
"그렇다면 그 나라도 힌두교를 믿는 거로군요."
"그렇게 볼 수도 있겠네요."
"당신네 나라에서도 농부들이 비리를 피웁니까?"
나는 고개를 흔들면서 그들이 말한 비리Biri를 한 대 얻어 피웠다. 종이 대신 마른 나뭇잎에 연초를 채운 원시적인 형태의 담배였다. 비리 맛은 필터가 없어서 혓바닥이 얼얼할 정도로 독했다.
그들이 던지는 질문 공세는 끝없이 이어졌다. 농부들이 벵골 말로 물어 보면 담배를 얻어 간 남자가 어설픈 영어로 통역하는 방식의 삼각대화였다. 화제는 내 손목시계와 운동화 가격에서부터 결혼 여부 및 가족관계에 이르기까지 실로 다양했다. 물론 인도를 얼마나 좋아하느냐는 질문도 빠트리지 않았다.

그들과의 대화는 반시간가량 계속되었다. 한바탕 질문 공세가 지나가자 농부들은 잠시 침묵에 빠졌다. 그들은 커다란 눈을 반짝이며 서로를 쳐다보았다. 더 이상 마땅한 질문이 떠오르지 않아 고통스럽다는 표정이 역력했다.

얼마 후 새로운 질문이 떠올랐는지 농부 하나가 의기양양하게 소리쳤다.

"당신 아버지의 고귀한 이름은 무엇입니까?"

나는 기상천외한 물음에 배를 잡고 웃음을 터뜨렸다. 그들의 순진하고도 왕성한 호기심 앞에서 더 이상 배겨날 수 없었다.

그런데 나는 무슨 연유로, 그것도 넬리 한복판에서 한동안 잊고 지내던 3년 전의 일을 또렷이 떠올렸던 것일까. 사고가 원만히 해결되었는지 사탕수수를 실은 소달구지는 인파 속으로 멀어져 갔다. 어느새 구경꾼도 거의 흩어진 상태였다.

나는 앞바퀴가 찌그러진 자전거를 붙들고 씨름하는 청년을 측은하게 내려다보았다. 내가 오토바이 사고를 당했던 날처럼 뜨겁고 강렬한 햇볕이 그의 어깨로 떨어지고 있었다. 청년은 자전거 바퀴를 고치기 위해 필사적으로 매달리는 중이었다.

그는 땀을 뻘뻘 흘리다가 눈이 마주치자 잇몸을 드러내고 웃었다. 나는 웨스트벵골의 농부를 떠올리며 허리를 굽히고 물었다.

"어디 다친 데는 없어요?"

"괜찮아요."

그는 다시 사람 좋은 얼굴로 배시시 웃었다.

"혹시 담배 가진 거 있나요?"

나는 웨스트벵골의 농부가 그랬던 것처럼 불운한 청년에게 담배 한 대를 청해 보았다.

"담배는 없고 싸구려 비리가 몇 개비 남았는데 그거라도 괜찮겠어요?"

그 와중에도 청년은 너무나 태연자약했다. 나는 그가 내민 비리에 불을 붙인 다음 깊숙이 연기를 들이마셨다. 3년 전, 농부가 권했던 것보다 훨씬 쓰고 독한 맛이었다.

나는 청년에게 작별을 고하고 돌아섰다. 인도 사람의 정신세계를 이해하기엔 아직 요원하다는 생각이 들었다. 인도에서 사라진 아버지를 추적하는 일도 마찬가지였다.

그런데 접촉사고를 일으킨 하얀 소는 무슨 까닭으로 빠르간지 한복판에서 눈물을 흘렸던 것일까. 아스팔트 위에 점점이 찍혀 있던 눈물 자국은 흔적도 없이 말라 버린 뒤였다. 아무 일도 없었다는 듯, 하얀 소가 사라진 거리 위로 행인들이 강물처럼 흘러가고 있었다.

해변의 재봉사 조드리

재봉사 조드리는 새벽 낚시를 마치고 돌아오면서 자신도 모르게 콧노래를 흥얼거렸다. 그의 손에는 바다에서 건져 올린 싱싱한 물고기 몇 마리가 들려 있었다. 부지런한 피서객 몇 명이 조드리에게 손을 흔들며 이른 아침부터 바다로 뛰어들고 있었다.

올해는 휴가 시즌이 일찍 시작된 데다 다른 해보다 피서객이 많아 제법 경기가 괜찮은 편이었다. 바가 해변을 따라 길게 늘어선 식당에선 웃옷을 벗어부친 종업원들이 파라솔을 설치하느라 여념이 없었다. 그들은 한결같이 반질반질하면서도 잘 발달된 근육을 가지고 있었다. 대부분 다른 지방에서 여기까지 일하러 온 뜨내기들이었다. 조드리는 그들에게도 일일이 손을 흔들며 아침인사를 건넸다.

바가 해변은 아라비아 해를 마주 보고 남북으로 길게 자리한 스물일곱 개의 해수욕장 가운데 중간쯤 위치하고 있었다. 바로 남쪽에 인접한 갈란구트가 휴가를 맞은 인도 사람들이 많이 찾는 해변인 데 비해, 북쪽 안주나와 바가토르는 히피 냄새를 물씬 풍기는 유럽에서 온 젊은이들이, 그리고 조드리가 옷가게를 연 바가 해변은 어찌 된 영문인지 예전부터 중년의 유럽 여행자들이 주로 찾아들었다.

조드리는 자신의 옷가게 앞에서 흐뭇한 눈으로 '락쉬미 패션'이라고 쓰인 간판을 올려다보았다. 몇 해 전, 독일에서 온 화가 노인이 옷값 대신 페인트로 직접 그려 준 것이었다.

그 간판에 대한 조드리의 애정은 각별했다. 얼마 전 옷가게에 불이 났을 때 조드리는 가장 먼저 달려와 간판부터 떼어 냈다. 그것은 나중에 생각해 보아도 아주 잘한 일이었다. 그 멋진 간판을 보노라면 아무리 큰 불행이 닥치더라도 다시 일어설 것 같은 자신감이 들었기 때문이었다.

조드리는 여덟 살 때부터 바가 해변을 돌아다니며 차를 팔았다. 그는 아침마다 홍차에 우유를 넣고 끓인 차로 주전자를 채운 다음 해변으로 일일이 사람을 찾아다녔다. 일광욕을 즐기는 피서객이 주요 고객이었는데, 바닷가를 따라 식당이 들어서면서 매상이 줄자 그는 찻주전자를 버리고 액세서리를 팔기도 했다.

스물두 살이 되던 해 조드리는, 역시 해변을 돌아다니며 숄과 셔츠를 팔던 락쉬미를 만나 가정을 꾸렸다. 그녀는 약간의 지참

금과 함께 당시로선 고가에 속하던 재봉틀을 혼수품으로 가져왔다. 그들은 친척에게 빚을 얻어 열 평쯤 되는 옷가게를 열었다. 옷가게라고 해 봐야 해변 귀퉁이에 나무 기둥을 세우고 야자수 잎을 엮어 벽과 지붕을 두른 가건물에 불과했지만, 신혼부부인 그들에겐 숙식을 겸한 훌륭한 보금자리였다.

조드리는 처음엔 주로 다른 사람이 만든 옷을 사다가 이윤을 남기고 되파는 일을 했다. 장사 수완이 남달랐던 아내는 얼마 후 해변에서 아무렇게나 걸칠 수 있는 헐렁한 바지와 셔츠를 직접 만들었다. 아내가 만든 옷가지를 팔던 조드리는 틈틈이 그녀에게 재봉틀 다루는 법을 배웠다. 그는 얼마 지나지 않아 인근에서 가장 솜씨 좋은 재봉사 가운데 한 사람이 되었다.

조드리의 옷가게는 매년 11월부터 이듬해 3월까지가 성수기였다. 그는 휴가 시즌이 끝나면 가족을 데리고 친척들이 사는 시골로 들어가 농사를 지었다. 그렇게 사는 동안 아내가 다섯 명의 딸을 낳아 가족도 일곱 명으로 불어났다. 조드리와 락쉬미가 그랬듯이 딸들도 어려서부터 해변을 돌아다니며 옷가지와 액세서리를 팔아 밥벌이를 했다.

오늘도 아침 식사를 마친 딸들은 자기 몫의 보따리를 머리에 이고 해변으로 뿔뿔이 흩어졌다. 그들은 정오가 지나서야 점심을 먹기 위해 가게로 돌아올 터였다.

재봉틀 앞에서 실을 꿰는 조드리에게 아내가 다가와 어깨에 팔을 둘렀다.

"여보, 어제 저녁에 읍내 사는 당신 친구가 또 찾아왔더군요. 아무래도 큰딸 모나를 그 집으로 시집보내는 게 좋을 것 같아요. 모나도 말은 않지만 은근히 좋아하는 눈치예요."

"누가 그걸 모르나? 일곱 식구 먹고 살기도 빠듯한 형편이라 지참금을 넉넉히 챙겨 줄 수 없으니 확답을 못하는 거지. 재봉틀과 냉장고도 하나쯤 얹어 보내야 하는데 우리에게 그럴 만한 여유가 있는가?"

"당신은 지금 모나가 몇 살인지 알기나 해요? 열아홉이면 이미 시집가서 아이에게 젖을 물릴 나이라고요. 그놈의 지긋지긋한 돈타령! 어쨌든 다 자란 처녀애를 해변으로 내몰아 더 이상 사내들의 눈요기를 시킬 순 없어요."

"그렇긴 하지만……."

락쉬미는 주변을 둘러본 후 목소리를 낮추었다.

"우리 가게에 또 불이 난다면 어떨까요? 좋은 날을 골라 불의 신 아그니님께 제사를 올려야겠어요. 지금은 씀씀이가 큰 외국 여행자가 많을 때여서 틀림없이 전보다 많은 돈이 들어올 거예요."

"이 사람아, 그건 아그니 신을 모독하는 일이야. 처음 화재는 분명히 사고였다고. 이번 시즌에만 벌써 두 차례나 불이 났는데, 어떻게 같은 일이 반복해서 일어날 수 있단 말인가! 그러다 사람들이 눈치라도 채는 날이면 어떻게 되는지 알기나 해?"

"그건 그렇지 않아요. 누가 우리처럼 전 재산을 불길에 내맡길 수 있겠어요? 아그니 신께서 우리 사정을 알고 있었기 때문에 다섯 달 동안 장사로 벌어들인 것보다 많은 돈을 쥐어 주신 거지요."

조드리는 답답하다는 듯 재봉틀 머리를 손바닥으로 탁탁, 두들겼다.

"당신은 아그니 신을 제대로 알기나 하는 거야? 아그니는 온갖 희생제에 바쳐진 제물을 하늘로 운반하는 신성한 불의 신이라고."

"왜 아니겠어요? 그렇기 때문에 우리 정성을 하늘에 알리고 그 응답으로 큰돈을 내려 주신 거겠지요. 여보, 그렇게 좋은 혼처는 다시 나오기 어렵다는 거 당신도 잘 알잖아요. 달리 뾰족한 방법이 없다면 눈 딱 감고 이참에 모나를 시집보냅시다."

"이젠 아예 대 놓고 불을 지르자고 억지를 부리는군. 어떻게 그런 불경한 말로 신성을 모독할 수 있지? 제사라는 말을 그런 뜻으로 쓰는 사람은 당신밖에 없을 거야. 당신은 하늘이 무섭지도 않은가? 두 번째 화재 때 당신 혓바닥도 불에 타 버렸어야 하는 건데."

"내 혀가 저주 받는 일은 절대 일어나지 않을 거예요. 그렇게 되면 신을 찬미하는 내 아름다운 노랫소리를 다시는 들을 수 없을 테니까."

"해변의 모래 바람을 먹고 영글어 버린 당신 혀를 누가 당할 수 있겠는가?"

조드리는 쾅, 소리가 나게 재봉틀을 내리친 다음 한숨을 내쉬며 밖으로 나왔다.

해변은 일광욕을 즐기는 피서객들로 넘쳐나고 있었다. 멀리 반짝이는 바다 위로 돌고래 몇 마리가 물보라를 일으키는 게 보였다. 조드리는 우울한 얼굴로 아라비아 해를 바라보았다.

락쉬미 패션에 처음 불이 난 것은 두 달쯤 전이었다. 바가 해변의 피서객들이 일몰을 감상하기 위해 몰려나온 저녁 무렵, 조드리는 손님에게 셔츠를 배달하고 돌아오던 중 가게에서 치솟는 연기를 발견했다. 빗방울 하나 구경하기 힘든 건기여서 불길은 매운 연기를 뿜어내며 순식간에 타올랐다. 사람들의 도움으로 재봉틀과 옷가지를 반쯤 구한 게 그나마 천만다행이었다.

아내 락쉬미와 다섯 딸들은 타다 만 옷가지를 부여잡고 울음을 터뜨렸다. 얼마 지나지 않아 인파는 그 수를 헤아릴 수 없을 정도로 불어났다. 바닷가를 산책하던 외국인까지 합세해 화재 현장은 구경꾼들로 넘쳐났다.

그때 한 여자가 사람들 앞으로 나섰다. 조드리가 해변을 돌아다니며 차를 팔던 시절부터 매년 바가 해변을 찾아오는 스웨덴 할머니 꾸닐라였다.

그녀는 반쯤 마시다 남은 맥주병을 손에 든 채 연설을 시작했다. 갑자기 한 가족을 불행으로 몰아넣은 화재를 구경만 한다는 건 사람의 도리가 아니므로 각자 형편대로 자선을 베푸는 게 어떻겠느냐는 취지의 연설이었다.

꾸닐라는 구경꾼들에게 시범을 보이듯 손수 5백 루피짜리 지폐를 꺼내 들었다.

"이봐요, 조드리! 신께서 반드시 착한 당신이 다시 일어서도록 도와줄 거예요. 어서 정신을 차려요!"

그러자 잠시 후 기적 같은 일이 일어났다. 조드리 앞에 다투어 지폐가 쌓이기 시작한 것이다. 눈치 빠른 락쉬미는 더욱 큰 소리로 울면서 사람들의 동정심을 자극했다. 그녀의 다섯 딸들도 서러움에 복받쳐 다시 울음을 터뜨렸다. 인도 사람들보다는 유럽에서 온 여행자들이 비교적 큰 액수의 돈을 내놓고 있었다.

그날 밤, 조드리 부부는 임시로 벽을 가린 천막 안에 딸들을 재워 놓고 돈을 헤아려 보았다. 동전을 포함해 무려 3만 루피에 달하는 액수가 그들 앞에 놓여 있었다. 그것은 조드리 가족이 한철 내내 벌어들인 돈보다 두 배쯤 많은 액수였다. 락쉬미는 눈물이 그렁그렁한 얼굴로 돈을 세며 실성한 사람처럼 울다가 웃기를 반복했다.

조드리는 나흘 만에 옷가게를 다시 짓고 간판을 내걸었다. 공사에 소요된 돈은 채 5천 루피가 넘지 않았다. 한순간 발생한 화재가 뜻밖의 행운으로 둔갑한 셈이었다.

그런데 한 달쯤 전, 락쉬미 패션에 또 화재가 발생했다. 조드리가 가게를 비우고 읍내 포목점에 들렀던 날이었다. 바가 해변의 장기 체류자들은 거듭해서 불행한 일을 당한 조드리 가족을 위로하며 따뜻한 동정을 베풀었다. 락쉬미는 처음 화재가 일어났을 때보다 더욱 서럽게 통곡했고, 그 때문인지 몰라도 기부금 역시 7천 루피나 더 들어왔다.

그날 저녁, 읍내에서 돌아온 조드리는 침통한 얼굴로 천막 구석에서 돈을 헤아리는 아내를 바라보았다. 그녀는 어둠이 내린 바깥 동정을 살피면서 남몰래 웃음을 머금곤 했다. 조드리는 잔뜩 상기된 락쉬미를 차마 정면으로 바라볼 수 없었다.

어느덧 정오가 다가오고 있었다. 조드리는 어린 시절의 추억이 곳곳에 배어 있는 해변을 따라 무거운 걸음을 옮겼다. 그는 북쪽 벼랑으로 난 좁은 길을 따라 터벅터벅 걸었다. 가파른 절벽을 기어올라 얼마쯤 걷자 이내 무성한 케주나무 숲이 눈앞에 펼쳐졌다. 노랗게 익은 케주 열매는 한창 단내를 풍기고 있었다. 그 숲은 조드리가 아내를 만나 연애하던 시절, 사람들의 눈을 피해 종종 찾아오던 장소였다. 정말이지 그 시절의 락쉬미 자태는 아라비아해로 펼쳐지는 일몰처럼 아름다웠다. 조드리가 입을 열 때마다 한 마디, 한 마디에 집중하던 갈색 눈동자 또한 얼마나 경이롭게 반짝였던가. 그런 락쉬미가 여기서 수줍게 청혼을 받아들이자 조드리는 수평선까지 헤엄쳐 다녀올 수 있을 것처럼 힘이 솟아났었다.

젊은 날을 회상하던 조드리는 불현듯 아내에게 미안해졌다. 그토록 아름답던 락쉬미가 불의 신 아그니를 모독할 정도로 모질게 변한 건 전적으로 돈을 충분히 벌지 못한 자신의 책임이 크다는 데 생각이 미쳤기 때문이었다.

조드리는 우울한 심사를 다스리기 위해 숲의 정상에 위치한 작은 사원으로 걸음을 옮겼다. 오후의 사원은 비어 있었다. 그는 숲에서 따 온 케주 열매를 사원에 바치고 아그니 신께 아내 대신 참회의 기도를 올렸다.

어느새 해가 기울고 있었다. 조드리는 산을 내려오면서 자신의 겨드랑이 사이를 몇 번이고 어루만져 보았다. 사원에서 낮잠을 자는 동안 겨드랑이 사이로 지느러미가 솟는 이상한 꿈을 꾸었던 탓이었다. 조드리는 고개를 갸웃거리며 걸음을 재촉했다. 온종일 가게를 비운 때문인지 까닭 모를 불안과 조바심이 그를 서둘게 만들었다.

그래서였을까. 벼랑을 다 내려온 조드리는 바위 사이를 건너뛰다 바다로 미끄러졌다. 간신히 뭍으로 헤엄쳐 나온 그는 몸을 이리저리 움직여 보았다. 다행히 크게 다친 곳은 없었지만 발목이 시큰거렸다. 온몸이 물에 젖은 채 한쪽 발을 절며 해변에 도착하자 멀리 옷가게가 눈에 들어왔다. 그는 비로소 안도의 한숨을 내쉬며 모래 위에 주저앉았다.

저녁 해가 막 수평선으로 내려앉고 있었다. 일몰의 시간은 짧았다. 얼마 후 태양은 넘실대는 물결 속으로 완전히 사라져 버렸다. 백사장에 앉아 삼삼오오 일몰 풍경을 지켜보던 사람들이 탄식하듯 한숨을 내쉬고 있었다.

그때, 어디선가 '불이야!' 하고 외치는 소리가 들려왔다. 조드리가 고개를 돌리자 그의 가게 한쪽에서 붉은 화염이 치솟고 있었다. 해변에서 일몰을 감상하던 사람들이 일제히 락쉬미 패션을 향해 뛰기 시작했다.

조드리는 주먹을 불끈 쥐고 부들부들 몸을 떨었다. 마치 불에 덴 것처럼 얼굴은 물론 온몸이 화끈거렸다. 그는 간판을 구하러 옷가게로 달려가는 대신 바다로 뛰어들었다.

조드리는 파도가 일렁이는 수평선을 향해 헤엄치기 시작했다. 그렇게도 아끼던 간판 따위는 안중에도 없었다. 얼마 후 그의 머리통은 물결에 떠다니는 코코넛 열매처럼 작게 보였다. 그는 돌고래처럼 물살을 가르며 계속 앞으로 나아갔다. 아그니 신께 너무도 부끄러웠던 조드리는 불타는 해변을 차마 돌아보고 싶지 않았다.

사막의 여인 바드마

뜨겁게 사막을 달구던 태양이 서쪽으로 기울면서 무더위가 한풀 꺾였다. 폭염을 피해 종일 집 안에 엎드려 있던 쿨시 마을 사람들이 하나둘 밖으로 나와 지평선을 살펴보았다. 입을 굳게 다문 그들의 표정에선 하나같이 비장감이 감돌았다.

얼마 후 사막과 대비를 이룰 정도로 화려한 사리를 두른 여인들이 저마다 물동이를 이고 마을을 빠져나왔다. 그들은 커다란 칸디나무가 그늘을 드리운 모래 언덕 너머로 행렬을 이루어 물을 길러 가는 중이었다. 그것은 라자스탄 사막에 터를 잡고 살아가는 여인들에게 아주 중요한 일상 가운데 하나였다.

먼저 도착해 물을 긷던 이웃 마을 낙타 몰이꾼 여인들에게 두레박을 내준 다음 언덕 너머로 사라져 갔다. 칸디나무 주변은 깊은 우물처럼 고요했다. 여인들은 약속이나 한 듯 주위를 둘러보다 간간이 귓속말을 주고받았다. 큰소리로 수다를 떨거나 웃는 사람조차 없었다. 그들에게서 풍겨 오는 수상쩍은 침묵 때문인지 칸디나무 잎사귀마저 일순 흔들림을 멈춘 것처럼 보였다. 물동이를 인 여인들이 종종걸음으로 사라지자 우물가엔 다시 깊은 정적이 찾아들었다.

올해 스물두 살이 된 바드마는 그 시간 손거울을 앞에 놓고 화장에 여념이 없었다. 그녀는 간혹 손을 멈추고 들릴 듯 말 듯 깊은 한숨을 내쉬곤 했다. 그녀를 둘러싼 여인들이 눈길을 피한 채 조용히 시중을 들고 있었다. 바드마는 먼저 이마 중앙에 붉은색 빈디bindi(인도 여성의 장신구)를 붙였다. 이어 결혼한 여자의 표식인 붉은 가루물감을 가리마에 뿌렸다. 얼굴 화장을 마친 그녀는 귀고리를 비롯해 화려한 색상의 팔찌와 발찌까지 정성스럽게 착용했다.

이윽고 치장을 모두 끝낸 바드마는 자신의 옷 가운데 가장 아끼던 사리를 골라 몸에 둘렀다. 결혼식 때 입은 이후 처음으로 꺼내 보는 붉은 색상의 고운 사리였다. 그녀의 자태는 보는 이로 하여금 찬탄을 자아낼 만큼 화사하고 아리따웠다.

마침내 태양이 마지막 열기를 뿜어내며 서쪽 지평선으로 꺾어지고 있었다. 바드마의 가족 가운데 한 사람이 기다렸다는 듯 지붕으로 올라갔다. 그는 마을 밖을 감시하는 청년들을 향해 길게 소라고둥을 불었다. 잠시 후 동서남북 네 방향으로 낙타를 타고

나가 지평선을 감시하던 청년들로부터 같은 음색의 신호가 들려왔다.

지금 쿨시 마을 사람들이 두려워하는 건 경찰이었다. 만일 뿔나팔 소리와 함께 경찰이라도 들이닥친다면 모든 일이 수포로 돌아가는 것은 물론, 법을 어겼다는 이유로 몇 년 동안 감옥에 갇혀야 했다.

얼마 후 안심해도 좋다는 듯 소라고둥 소리가 다시 한 번 지평선으로 길게 울려 퍼졌다. 그 신호에 맞춰 바드마가 대문 밖을 나서자 마을 사람들이 침묵 속에 길을 열어 주었다. 그녀는 맨발로 동구 밖을 향해 걸음을 옮겼다. 사람들도 야릇한 흥분에 휩싸여 마른침을 삼키며 그녀 뒤를 따르기 시작했다.

바드마의 얼굴은 신열에 들뜬 것처럼 보였지만 아무런 표정 변화가 없었다. 그들 일행이 목적지에 도착하자 저녁 해가 불붙은 수레바퀴처럼 사막 위에서 맹렬한 속도로 회전하고 있었다. 이제 얼마 후엔 그 뜨거운 수레바퀴가 지평선에 닿을 터였다.

바드마는 아무도 모르게 짧은 한숨을 내쉬며 단정하게 쌓아 올린 장작더미 주위를 몇 바퀴 돌았다. 며칠 전 낙타에서 떨어져 죽은 남편 시신이 그 위에 반듯하게 눕혀져 있었다. 그녀는 장작더미 위로 올라가 꽃에 파묻힌 남편의 머리를 무릎에 올려놓고 명상하듯 바른 자세로 고쳐 앉았다. 그녀의 텅 빈 동공에서 눈물이 흘러내렸다.

얼마 후 마을에서 가장 연장자인 노인이 비장한 표정으로 향을 피웠다. 기도가 끝나자 사람들이 기다렸다는 듯 다투어 꽃과 지폐와 과일 등을 바드마 앞에 바치기 시작했다.

"자애로운 바드마님, 저에게 새로운 집과 낙타 두 마리를 얻을 수 있는 행운을 내려 주십시오. 결혼한 형이 집과 한 마리밖에 없는 낙타를 차지했기 때문에 저와 동생은 무일푼이 되었습니다. 저도 곧 새로운 가정을 꾸려야 되지 않겠습니까?"

한 청년이 앞으로 나와 머리를 조아리고 바드마에게 발원했다. 저녁놀이 그녀의 얼굴을 붉게 물들이는 중이었다. 툴시 마을 사람들은 숨을 죽이고 그녀의 입술을 주시했다.

"그렇게 되리라. 당신 형제는 각각 새 집과 낙타를 갖게 될 것이다."

바드마의 말에 청년은 감복해서 절을 올리고 물러나왔다.

이번에는 다른 여인이 앞으로 나섰다.

"아름다운 바드마님, 조드푸르로 돈 벌러 나간 저희 남편이 빨리 집으로 돌아오도록 해 주십시오. 집 안에 돈이 다 떨어졌는데 아버님은 편찮으시고 아이들도 곧 학교에 들어가야 합니다. 무일푼으로 돌아와도 좋으니 몇 해 동안 소식이 없는 남편의 얼굴이라도 볼 수 있도록 해주십시오."

바드마는 죽은 남편의 머리카락을 쓰다듬으며 여인에게 대답했다.

"그렇게 되리라. 당신 남편은 곧 돈을 잔뜩 벌어 어깨를 곧게 펴고 돌아올 것이다."

쿨시 마을 사람들의 발원은 계속 이어졌다.

"무슨 소원이든 들어 주시는 바드마님, 우리 막내아들의 병을 낫게 해 주십시오. 그 아이는 벌써 닷새째 아무것도 먹지 못하고 온몸이 불덩이처럼 뜨겁습니다. 만일 그 애가 바드마님을 따라간다면 저도 칸디나무에 목을 맬 작정입니다."

"그대가 죽는 일은 결코 일어나지 않으리라. 당신 아들은 곧 원숭이처럼 날렵하게 칸디나무를 오르내릴 것이기 때문이다."

어느새 저녁 해는 지평선 너머로 사라졌고, 바드마의 운명처럼 사막 저편으로부터 짙은 땅거미가 다가오고 있었다.

마지막으로 마흔여덟 살의 노총각 라힘이 쭈뼛거리며 앞으로 나섰다.

"세상에서 가장 아리따운 바드마님, 저는 돈이 없어서 지금까지 결혼할 수 없었습니다. 이웃 마을 사람들은 물론이고 요즘엔 아이들까지 저에게 총각귀신이라고 놀려 대곤 합니다. 저도 어서 바드마님처럼 지혜롭고 예쁜 아내를 얻게 해 주십시오."

"그렇게 되리라. 당신은 라자스탄 사막의 캐타스 꽃처럼 총명하고 예쁜 아내를 얻게 될 것이다."

마을 사람들의 발원은 모두 끝이 났다. 사방에서 어둠이 들쥐처럼 몰려들고 있었다. 멀리 모래언덕 너머에서 들개 떼의 울음소리가 길게 들려왔다.

드디어 어둠을 걷어 내듯 합창 소리와 함께 장작더미에 불이 붙었다. 사람들은 눈시울을 붉히며 신에게 기도를 올렸다. 붉은 화염은 이내 바드마의 사리로 옮겨 붙었다. 그녀는 짧고 날카로운 비명과 함께 미간을 찌푸렸을 뿐 곧은 자세를 흩트리지 않았다. 잠시 후 불꽃은 바드마를 완전히 감싸 버렸다. 활활 타오르는 불길 속에서 그녀의 허리가 조금씩 꺾이고 있었다.

바드마를 먹어 치운 불꽃은 세 시간쯤 후 불씨만 남기고 서서히 사그라졌다. 마침내 불이 꺼지고 사방이 어두워지자 이제야 생각났다는 듯 라자스탄 사막의 별들이 반짝거리기 시작했다. 바드마의 가족들은 차분하게 현장을 정리한 다음 상기된 얼굴로 돌아갔다.

얼마 후 모두 잠든 쿠시 마을의 밤하늘로 불기운을 잔뜩 머금은 붉은 반달이 떠올랐다.

인도로 가는 동안 4

인도의 수도 델리에서 기차를 타고 북으로 2백50여 킬로미터쯤 달려가면 신의 관문, 혹은 신에게로 이르는 문이라고 알려진 하리드와르가 나타난다. 히말라야 고묵 지역의 빙하에서 발원한 갠지스 강이 우당탕거리며 골짜기를 흘러내려와 처음으로 대평원과 맞닥뜨리는 곳이다.

여기서 다시 강의 상류를 따라 24킬로미터쯤 올라가면 요가와 명상의 도시이자 수행자들의 고향으로 알려진 리시케시가 나타난다. 장엄한 히말라야 골짜기로 흘러내린 강물이 비로소 숨을 돌리며 유속을 줄이기 시작하는 지점이다. 인도 대륙의 수많은 신들은 물론이고, 신성을 꿈꾸는 수행자나 순례자에겐 리시케시야말로 히말라야로 가는 진정한 입구가 아닐 수 없다.

이 고장은 도시 한가운데를 가로지르는 강물을 사이에 두고 양쪽 옆으로 마을이 형성되어 있다. 강의 서쪽이 기차의 종착역을 비롯해 버스 정류장과 시장이 들어선 전형적인 저자거리 풍경을 보여 준다면, 동쪽 마을은 신을 찬양하는 노랫소리가 종일 끊이지 않는 사원과 산에서 내려온 수행자들이 머무는 곳으로 신들의 세계에 속한다. 강물을 사이에 두고 인간의 차안과 신들의 피안이 공존하는 셈이다.

리시케시를 찾는 순례자들은 강물 위에 걸린 쉬바난다 줄라와 조금 더 상류에 위치한 락쉬만 줄라라는 두 개의 현수교를 통해 자연스럽게 차안과 피안을 오간다. 그래서 폭 2미터 미만의 출렁다리는 언제나 대륙에서 몰려든 순례자와 수행자들로 축제처럼 북적인다.

내가 현수교를 건너 신들의 피안으로 들어선 것은 우기의 거센 빗발이 시야를 뿌옇게 흐려 놓던 늦은 오후였다. 나는 인도에 이미 아홉 번째 들어온 길이었고, 열두 해가 지나도록 소식이 없는 아버지를 찾는 일에도 어지간히 지쳐 있었다.

돌이켜보자면 나 자신도 전혀 예측하지 못한 인도 여행은 돌아가신 어머니의 유언 때문이었다. 아버지에 의해 뼛가루가 뿌려지고 싶다는 모친의 부탁이 아니었다면 평생 동안 이 땅에 발을 들여놓지 않았을지도 모른다. 내가 5년 넘게 재직하던 잡지사를 그만두고 프리랜서 기자로 직업을 바꾼 것도 그 때문이었다.

아버지가 인도로 가겠다고 선언한 것은 정확히 12년 전이었다. 육순 잔치가 끝난 후 당신은 너무나 태연하게, 전혀 결심을 번복할 여지가 없다는 듯 또박또박 말씀하셨다.

"지난 30여 년 동안 나는 한 가족의 남편과 가장으로서 나름대로 의무를 다했다고 생각한다. 다행히 자식들은 모나지 않게 자라 주었고, 네 어머니도 함께 사는 동안 커다란 불만이 없었던 걸로 안다. 이제부터 나는 가족과 사회가 아닌, 나 자신을 위한 삶을 살고자 한다."

아버지는 잠시 말을 끊었다가 우리 가족의 얼굴을 하나하나 뚫어지게 바라보셨다. 그때까지만 해도 나는 아버지께서 무슨 훈계를 내리시는 줄로 착각했다.

"내일 아침, 나는 인도로 떠날 것이다. 언제 돌아올지 기약할 수 없다. 그러므로 쓸데없이 나를 찾거나 기다리는 일이 없었으면 한다."

어머니와 나는 농담이 아닌가 싶어 서로의 얼굴을 바라보았다. 잠시 후 사태를 짐작한 우리는 결사적으로 아버지를 만류했다. 그러나 아버지는 아무 말도 들리지 않는다는 듯 먼 곳을 응시할 따름이었다. 누구의 말에도 반응을 보이지 않는 아버지가 처음으로 타인처럼 느껴지던 순간이었다. 아니, 돌이켜보면 당신은 이미 그 방에 계시지도 않았다. 60여 년 간 끌고 다닌 고단한 육신을 가족 앞에 벗어 놓은 채 어디론가 홀연히 떠난 사람처럼 여겨졌던 것이다.

아버지가 인도에 온 것은 그처럼 예고도 없이 갑작스럽게 이루어졌다. 언젠가 당신이 건넜을지도 모를 쉬바난다 줄라를 통해 나 역시 어머니의 유골을 간직한 채 신들의 피안으로 향하고 있었다. 빗발에 몸을 맡긴 채 다리를 건너자 눈앞에 세 갈래 길이 나타났다. 나는 사원에서 흘러나오는 노랫소리를 들으며 주위를 두리번거렸다. 히말라야에서 흘러내린 우기의 봇물처럼 순례자들이 계속 밀려드는 중이었다.

나는 비를 맞으며 가이드북을 꺼내 들었다. 우선 숙소를 잡는 게 급할 것 같아서였다. 그때 마침 한 청년이 내게로 다가왔다.

"혹시 숙소를 찾고 계십니까?"

"그렇습니다만, 여기가 처음이라서……."

나처럼 비에 젖은 그는 배낭을 짊어진 채 고개를 끄덕였다. 그 청년도 방금 현수교를 건너온 듯했다.

"반갑습니다. 나는 비제이라고 합니다. 예전의 인도 수상과 같은 이름이죠."

"저는 한국에서 왔습니다. 인도에선 다들 림카라고 부릅니다. 어디서나 흔하게 접할 수 있는 음료수 이름이지요."

"미스터 림카, 아주 근사한 이름을 가지고 계시군요. 내가 괜찮은 순례자 숙소를 한 군데 알고 있습니다. 베드니케탄이라는 곳인데 값이 싸면서도 꽤 깨끗합니다. 당신의 가이드북에도 표시되어 있을 겁니다."

우리는 강의 하류인 오른쪽으로 방향을 잡아 걷기 시작했다. 강변으로 통하는 길목마다 순례자들이 흘러넘쳤다. 그들의 손엔 한결같이 주황색 수건과 작고 앙증맞은 물병이 쥐어져 있었다. 그들과 어깨를 부딪치며 걷던 나는 강변으로 난 작은 공터에서 걸음을 멈추었다. 그곳엔 남루한 주황색 장옷을 걸친 출가 수행자들이 비를 피해 옹기종기 모여 있었다.

그들은 길고 지저분한 머리카락을 정수리 위로 틀어 올린 채 담소를 나누고 있었다. 똬리를 튼 머리카락 위로 풀씨가 날아들어 뿌리를 내려도 낯설지 않을 것 같은 풍경이었다. 나는 그들의 손에 쥐어진 삼지창을 물끄러미 쳐다보다가 걸음을 옮겼다.

"저들은 신을 꿈꾸는 출가 수행자들입니다. 히말라야 골짜기를 전전하다 잠시 산을 내려온 분들이죠. 우리는 저들을 바바지, 혹은 사두라고 부릅니다. 저 삼지창 형태로 된 트리슐라는 시바 신의 성스러운 상징이며, 우주의 삼위일체인 창조 유지 파괴를 표현한 것이지요."

비제이는 숙소를 향해 걸으면서 사두에 관한 설명을 계속했다. 그는 자국 문화에 상당한 자부심을 지닌 듯했다.

얼마 후 강변의 끝자락에 위치한 베드니케탄이 나타났다.

"사실 여기는 요가와 명상을 가르치는 아쉬람ashram인데 일반 여행자에게도 방을 제공하고 있습니다. 말하자면 순례자 숙소를 겸한 명상 학교 같은 곳이지요."

"저는 지금 명상이나 요가를 공부할 여유가 없습니다만……."

비제이가 염려하지 말라는 듯 웃었다.

"여기는 순례자들에게 무언가를 요구하는 곳이 아닙니다. 더구나 지금은 우기라서 요가 강좌가 열리지 않으므로 일반 숙소처럼 자유롭게 이용하시면 됩니다. 사실 리시케시에 문을 연 숱한 아쉬람 가운데 여기처럼 편안한 곳도 드물 겁니다. 아예 외국인을 받아 주지 않는 곳도 있으니까요. 정 마음이 내키지 않는다면 방금 지나온 골목 안쪽에 있는 그린호텔이라는 곳도 묵을 만합니다."

"일단 한번 들어가 봅시다."

건물로 들어서자 접수 테이블에서 꾸벅꾸벅 졸던 노인이 우리를 맞아 주었다. 마치 가족을 대하듯 스스럼없는 표정이었다. 벽면에 걸린 사진 속에서 백발의 수행자가 만면에 웃음을 머금은 채 강물을 바라보고 있었다. 비제이는 사진 속의 수행자에게 손을 모아 예를 표한 다음 두 개의 방 열쇠를 받아 들었다.

내게 배정된 방은 그런대로 깨끗했다. 나는 목욕을 마친 후 젖은 옷을 갈아입었다. 어쩌면 강변에 머물고 있던 사두들로부터 아버지에 대한 단서를 찾을 수 있을지도 모르겠다는 생각이 들었다.

나는 책갈피에서 아버지의 사진을 꺼내 들고 찬찬히 들여다보았다. 아버지는 예전의 모습대로 단정하게 정면을 응시하고 있었다. 자신에게조차 흐트러짐을 용납하지 않던 평소의 완고함이 뚝뚝 묻어나는 사진이었다.

잠시 후 비제이가 방문을 노크했다.

"우리가 처음 만났던 쉬바난다 줄라 부근에 초티왈라라는 식당이 있는데 함께 가지 않겠습니까? 여긴 수행자 도시라서 육류를 취급하는 식당이 없습니다. 술은 물론이고 삶은 계란조차 구경하기 힘든 곳이 리시케시지요."

"저도 마침 배가 고프던 참이었습니다."

방을 둘러보던 비제이가 테이블 위에 놓아둔 사진을 집어 들었다.

"당신과 눈매가 닮았군요. 가족이십니까?

"저의 부친이십니다. 12년 전쯤 인도로 들어오셨지요."

"그래요? 그렇다면 부친을 만나기 위해 리시케시에 오신 모양이군요."

"글쎄요, 그렇긴 합니다만."

비제이는 사진을 내려놓으며 고개를 갸웃거렸다.

"그게 무슨 말씀이지요?"

"사실 제 아버님은 소식이 끊어진 지 오래입니다. 처음엔 아버님을 찾기 위해 나름대로 노력을 기울였지만 이젠 반쯤 포기한 상태입니다. 정확히 말하자면 소식도 없는 아버지를 찾기보다 그걸 구실로 취재를 겸한 여행을 계속하는 셈이라고 할까요? 처음엔 분명 아버지를 찾기 위해 여기까지 온 것 같은데 세월이 흐르면서 이젠 저까지 인도에 홀려 버린 모양새가 되어 버렸습니다."

비제이는 흥미가 동하는 듯 사진을 들고 꼼꼼히 들여다보았다. 나는 아버지가 12년 전 인도에 들어온 이후 연락이 끊어진 그동안의 정황을 간단히 설명해 주었다.

비제이는 무슨 말인지 알겠다는 듯 손뼉을 치며 말했다.

"그렇다면 당신 부친은 수행자인 산야사Sanyasa가 되셨을 겁니다. 우리 힌두교엔 때가 되면 정신적인 삶을 살기 위해 세속과 인연을 끊고 출가하는 전통이 있습니다. 그건 조금도 이상한 일이 아니지요. 제 아버지도 3년 전에 모든 걸 정리하고 수행자가 되셨습니다. 물론 저도 나이가 들면 아버님처럼 출가할 생각입니다. 그게 다음 세상을 준비하는 자들의 진정한 삶이 아닐까요?"

"그럼 당신 아버님도 3년 동안 소식이 없는 상황입니까?"

"아닙니다. 그분은 지금 히말라야에서 내려와 락쉬만 줄라 부근 작은 아쉬람에서 정진 중에 계십니다. 히말라야에 칩거 중인 대부분의 수행자는 겨울철이나 우기가 닥치면 잠깐씩 리시케시로 내려오기도 하지요. 저는 집안일을 의논하기 위해 아버님을 찾아온 길입니다. 우린 산야사의 아들이라는 공통점을 지닌 셈이로군요. 만일 당신 부친이 출가 수행자가 되셨다면 의외로 쉽게 찾을 수도 있습니다. 어디 한번 사진을 자세히 봅시다."

비제이는 방 열쇠를 내준 노인에게 가서 사진을 내밀었다. 노인은 손등으로 침침한 눈을 비비면서 알아들을 수 없는 말을 중얼거렸다.

"여긴 매년 수천 명의 사람들이 드나들기 때문에 일일이 기억할 순 없지만, 언젠가 코리안 사두에 관한 얘기를 들은 적이 있답니다."

나는 기대를 품고 노인에게 직접 질문을 던졌다.

"그게 언제쯤입니까? 무슨 얘기를 들으셨죠?"

노인이 내게 뭐라고 대답했지만, 영어가 아니어서 절반도 이해할 수 없었다. 나는 도움을 청하듯 비제이를 쳐다보았다.

"안타깝지만 더 이상 생각나는 게 없답니다."

비제이는 나보다 더 낙심한 얼굴로 잔뜩 불어난 강물을 바라보았다.

그는 식당으로 가는 동안에도 강변에 앉아 있는 사두들에게 일일이 사진을 보여 주었다. 초티왈라 식당에서 대중음식 가운데 하나인 탈리를 주문했지만 입맛을 느낄 수 없었다.

나는 음식을 반쯤 남기고 천장에서 돌아가는 선풍기에 눈길을 주었다.

"비제이, 당신 말처럼 내 부친 역시 수행자가 되었을지도 모르지요. 그렇지만 나는 아직 확신이 서질 않습니다."

"수행자들이 꿈꾸는 건 우리가 사는 저잣거리의 가치관과 조금 다릅니다. 그들은 고통스러운 육신으로부터 벗어나기를 꿈꾸지요. 싯다르타 역시 가족과 왕위까지 버리고 출가하지 않았습니까? 그렇게 하지 않았다면 그분은 깨달음을 얻지 못했을 겁니다. 우리 인도엔 지금도 출가 수행자가 8백만 명을 상회할 정도로 많습니다. 그러므로 당신 부친이 그 가운데 한 사람이 되었다고 한들 조금도 이상한 일이 아니지요. 리시케시가 어째서 국제적인 요가 도시로 이름을 얻게 되었는지 아십니까?"

"글쎄요."

"아주 오래전, 비틀즈 멤버가 리시케시를 방문했습니다. 그들의 정신적 스승인 마하리쉬 마헤쉬 요기를 친견하기 위함이었지요. 당연히 서방 언론에서 관심을 갖기 시작했고, 그 후 동양의 정신세계에 매료된 수많은 사람들이 몰려들기 시작했습니다. 당연한 귀결이지만 리시케시는 명성을 얻는 대신 더 큰 출혈을 감수해야 했습니다. 수행 도량인 아쉬람이 서서히 상업화의 길로 들어선 거지요. 그 후 수행자들은 소란한 리시케시를 등지고 더 깊은 산으로 들어가기 시작했습니다. 어쩌면 당신 부친도 여기서 수행자가 된 다음 히말라야 골짜기로 들어갔을지 모릅니다. 너무 걱정하지 마십시오. 신께서 당신을 도울 것입니다."

비제이는 거의 확신에 찬 얼굴이었다. 우리는 식당에서 나와 처음 만났던 쉬바난다 줄라 부근에서 헤어졌다. 그는 저녁에 숙소에서 보자는 말을 남기고 강의 상류에 위치한 락쉬만 줄라를 향해 숲길로 사라졌다.

나는 숙소 부근의 간이찻집에 앉아 신들의 대지를 향해 흘러가는 강물을 바라보았다. 순례자들은 빗발 속에서도 끊임없이 강물로 뛰어들었다. 강물에 휩쓸리지 않기 위해 밧줄로 몸을 묶은 사람도 있었다. 심지어 시뻘건 황톳물을 손바닥으로 떠 마시는 사람도 여럿 있었다. 전국에서 몰려든 순례자로 인해 강변은 종일 만원이었다.

언제부터인지 몇 명의 사두가 맞은편에서 차를 마시고 있었다. 홍차에 생강과 우유를 섞어 끓인 짜이라는 전통 차였다. 그들은 빗발 때문에 더욱 흐릿하게 보이는 강 건너 인간의 마을을 무심히 바라보고 있었다.

나는 그들의 모습을 찬찬히 뜯어보았다. 전 재산이 들어 있을 게 분명한 낡은 바랑 하나, 가슴과 아랫도리를 간신히 가린 얇은 장옷, 정수리 위로 틀어 올린 새끼줄 같은 머릿단, 성자의 얼굴을 새겨 넣은 목걸이, 탁자에 비스듬히 세워 놓은 삼지창, 그리고 무소유와 가난을 적나라하게 드러내는 야윈 맨발들. 나는 고개를 흔들었다. 그토록 단정하던 아버지가 어떻게 걸인 같은 저들과 섞여 히말라야를 전전할 수 있는지 이해가 되지 않았다.

어쩌면 당신은 어떤 사정으로 인해 거짓으로 인도에 간다고 말한 다음 잠적했을지도 모른다는 불경한 생각이 들기도 했다. 그렇지 않고서야 어떻게 평생 이룬 것을 단숨에 포기하고 저처럼 초라한 수행자들 틈으로 자청해 스며든단 말인가. 아버지가 사두가 되었다면 내겐 당신의 행방보다 그 이유가 더 궁금하지 않을 수 없었다.

나는 깊이를 알 수 없는 혼돈 속으로 빠져드는 느낌이었다. 어쨌든 나는 아버지를 찾고 싶었다. 그리고 당신과 30여 년 동안 살을 맞대고 살았던 어머니의 뼛가루를 전해드려야 했다.

만일 아버지가 리시케시를 경유해 히말라야로 들어갔더라도 산자락 구석구석까지 찾아다닐 순 없는 일이었다. 콜카타에서 만난 택시 기사도 인도 대지와 히말라야 골짜기를 모두 뒤지려면 다섯 번쯤의 생애가 필요하다고 말하지 않았던가. 그것은 다섯 번의 윤회를 거쳐 다시 인간으로 태어나야만 가능한 일이었다. 불현듯 정겹게 다가오던 히말라야가 아득하게 느껴졌다.

땅거미가 내릴 무렵, 숙소로 돌아온 비제이가 내 방문을 두드렸다. 그의 손엔 대학노트 크기의 종이뭉치가 쥐어져 있었다.

"저의 부친을 뵙고 돌아오다 몇 군데 아쉬람을 방문했지만 기대할 만한 소식은 없었습니다. 그래서 생각해 본 것인데……."

비제이가 내민 종이뭉치는 복사기로 뽑아낸 50여 장의 조잡한 전단지였다. 아버지의 사진 밑으로, 위 사람을 보신 분은 베드니케탄 35호실로 연락해 줄 것과 그에 대한 사례를 약속하는 문구가 영어와 힌두어로 깔끔하게 정리되어 있었다.

나는 비제이의 기발한 발상에 탄복하며 고마움을 표했다.

"혹시 내가 전생에 당신으로부터 은혜를 입었는지도 모르지요. 그게 인도 사람들이 말하는 카르마의 법칙이랍니다."

비제이는 내 어깨 위로 다정하게 손을 올렸다.

"부친께 의논한 일은 잘 해결되었습니까?"

"예, 고맙게도 명쾌한 답을 내려 주셨습니다."

"그렇다면 이제 곧 고향으로 돌아가시겠군요."

비제이가 무슨 얘긴지 알겠다는 듯 빙그레 웃었다.

"걱정하지 마십시오. 사나흘 정도의 여유는 있으니까. 그보다 어둠이 내리기 전에 어서 전단지를 붙이러 나갑시다."

비제이는 마치 자기 일처럼 서둘렀다. 나는 비제이와 함께 담벼락마다 전단지를 붙였다. 우리는 두 시간쯤 걸려서야 그 일을 마칠 수 있었다. 어둠이 내린 사원에서 신을 찬양하는 노랫소리가 끊임없이 울려 퍼졌다.

나는 걸음을 멈추고 공터에 앉아 있는 사두들을 바라보았다. 강을 마주 보고 꼿꼿한 자세로 명상에 잠긴 모습이 처음 보았을 때보다 익숙하게 다가왔다. 그들은 밤이 깊어지면 같은 자리에서 얇은 천을 덮고 잠들 태세였다.

전단지 효과는 의외로 빨리 찾아왔다. 이튿날 오후, 간이찻집에서 차를 마시는데 비제이가 헐레벌떡 뛰어왔다.

"림카, 방금 전 사두 하나가 당신을 찾아왔습니다."

"우리 아버지를 보았답니까?"

"그런 것 같습니다. 일단 어서 만나 봅시다."

나는 찻잔을 내려놓기 무섭게 베드니케탄을 향해 달려갔다. 숨을 헐떡이며 숙소에 도착하자 살가죽만 남은 왜소한 체구의 사두 하나가 방문 앞에 서 있었다. 그는 나를 보자 두 손을 모은 채 '옴 나무 나라얀!' 하고 인사를 건넸다. 그의 손에는 비에 젖은 전단지 한 장이 쥐어져 있었다.

나는 거두절미하고 물었다.

"당신이 사진 속의 사람을 만났다는 게 사실입니까? 그게 언제였습니까? 아니 어디였습니까?"

"야무노트리, 예스!"

"그게 정확히 언제였지요?"

"야무노트리. 예스, 예스!"

그는 안타깝게도 히말라야를 가리키며 야무노트리와 예스라는 말만 반복할 뿐이었다. 사태를 짐작한 비제이가 나를 진정시킨 다음 차근차근 이야기를 풀어 나갔다. 예스 사두와의 대화는 비제이의 통역을 통해 이루어졌다.

"저 사두는 그분을 야무노트리에 있는 노천온천에서 보았다고 합니다."

"그곳이 어디죠? 얼마나 먼 곳입니까?"

"해발 3천 미터쯤에 위치한 힌두교 4대 성지 가운데 한 곳입니다. 야무나 강의 원류인 칼린다 파르밧이라는 얼음 호수 밑에 있는 성스러운 골짜기지요."

나는 얼음 호수라는 말에 고개를 흔들었다.

"다시 물어 봐 주십시오. 포스터 속의 사람이 확실하답니까?"

예스 사두는 잠시 생각하는 표정을 짓다가 자신 있게 대답했다.

"확실하답니다."

"그게 언제였답니까?"

"7년쯤 전이었다고 합니다. 노천온천에서 함께 목욕한 적도 있답니다."

나는 질문을 중단하고 생각을 정리했다. 그 말이 사실이라면 예스 사두가 아버지를 만난 건 당신이 인도에 들어온 지 다섯 해쯤 지난 뒤라는 얘기였다.

"그는 어떤 모습을 하고 있었습니까?"

"한 달 전의 보름달과 두 달 전의 보름달이 다르지 않듯, 당신과 아주 비슷하게 생겼다고 합니다."

"혹시 그 사람의 이름을 기억하십니까?"

"그분은 이름이 없는 수행자였답니다. 다만 사두들 사이에서 코리안 바바, 혹은 니르띠야 바바지로 통했는데 그건 춤추는 수행자라는 뜻이기도 하지요."

그렇다면 당신은 인도까지 와서 춤꾼이 되었단 말인가. 나는 히말라야 깊은 골짜기에서 춤추고 계신 아버지의 모습을 상상해 보았다. 그것은 너무나 생경한 풍경이 아닐 수 없었다.

"아무래도 저 사두가 보았다는 분은 제 부친이 아닌 것 같습니다. 저는 평생 동안 아버님이 춤추는 걸 본 적이 없으니까요."

비제이는 뭔가를 골똘히 생각하다가 입을 열었다.

"나는 그렇게 생각하지 않습니다. 세상에선 간혹 예측하기 힘든 일들이 벌어지곤 합니다. 한번 생각해 보십시오. 나는 리시케시에서 당신을 만나게 될 거라고 생각한 적이 없지만 어떤 카르마에 이끌려 친구가 되었습니다. 당신 역시 부친이 인도로 오게 될 거라는 사실을 상상한 적이 없을 겁니다. 그렇지 않습니까?"

나는 대답을 하지 못하고 우물거렸다.

"인간의 삶은 전생의 업보에 의해 작용합니다. 우리 인도에선 요가나 명상처럼 춤 역시 깨달음으로 가는 훌륭한 재료 가운데 하나로 여깁니다. 그렇게 본다면 당신 부친이 춤추는 사두가 되었다고 한들 이상하게 생각할 일은 아니지요. 물론 저 사두가 보았다는 사람이 당신의 부친이 아닐 수도 있습니다만, 일단 가능성을 열어 놓고 생각하는 게 옳지 않을까요?"

"좋습니다. 야무노트리 다음에 어디에서 니르띠야 사두를 또 만났는지 질문해 주십시오."

"저 사두는 마날리 골짜기로 거처를 옮겼기 때문에 그분을 다시 뵙지 못했답니다."

"혹시 나와 함께 야무노트리까지 가 줄 수 있느냐고 질문해 주십시오."

"지금은 우기라서 산사태가 자주 일어나기 때문에 어려운 산행이 될 거랍니다."

그렇다면 어쩔 수 없는 일이었다. 나는 약속대로 그에게 5백 루피의 사례비를 쥐어 주었다. 다소 과한 액수였지만 그의 말이 사실이라면 조금도 아깝지 않았다.

나는 히말라야 골짜기에서 춤에 빠진 아버지를 상상해 보았다. 그것은 사람의 몸뚱이에 코끼리 얼굴을 붙여 놓은 가네쉬 신처럼 여간 낯선 모습이 아니었다. 그렇다고 해서 예스 사두의 말을 무턱대고 의심할 수도 없는 노릇이었다.

나는 방으로 돌아와 가이드북을 펼쳐 보았다. 거기엔 야무노트리, 해발 3,322미터, 칼린다 파르밧에서 발원한 야무나 강의 원류, 힌두교의 4대 성지 가운데 하나라고 적혀 있었다.

잠시 후 비제이가 어디서 커다란 지도를 한 장 구해 왔다. 나는 침대 위에 지도를 펼쳐 놓고 꼼꼼히 들여다보았다. 처음 보는 숱한 지명과 거미줄처럼 풀어져 나간 산맥들을 짚어 가던 나는 이내 암담한 심정에 빠져들었다. 그 크고 깊은 골짜기에서 어떻게 아버지를 찾을 수 있단 말인가.

그러나 비제이는 염려하지 말라는 듯 붉은색 펜으로 지도 위에 선을 그려 나갔다. 그의 손길이 닿자 얽혀 있던 산맥들이 네 등분으로 나뉘어졌다.

"자, 여길 보십시오. 북서쪽 히말라야는 티베트 고원과 네팔, 파

키스탄, 아프가니스탄 등 여러 나라에 걸쳐 장대하게 펼쳐지고 있습니다. 산이 아무리 크고 깊어도 우리 힌두교인에겐 비슈누 신을 모신 바드리나트, 시바 신을 모신 케다르나트, 어머니의 강 갠지스가 발원한 강고트리, 그리고 야무나 강의 원류인 야무노트리라는 네 군데 성지가 있을 뿐입니다. 모두 해발 3천 미터가 넘기 때문에 겨울엔 길이 얼어붙어 들어갈 수 없는 곳이죠. 매년 11월이면 국경선을 지키던 군인까지 철수할 정도로 추운 지역입니다."

나는 지도에서 눈을 떼지 못하고 귀를 기울였다.

"니르띠야 바바는 이미 야무노트리에서 다른 골짜기로 떠났을 확률이 높습니다. 한곳에 6개월 이상 머물지 않고 바람처럼 떠도는 게 사두들의 수행 방식이니까요. 그렇더라도 실망하지 마십시오. 내 생각에 그분이 남인도로 떠나지 않았다면 여기 네 군데 성지 가운데 한 곳에 계실 확률이 높습니다. 겨울철을 제외하곤 항상 순례자나 사두들의 발길이 끊기는 법이 없으니까요. 여기 푸른색으로 표시된 야무나 강의 발원지가 보이지요? 요즘엔 교통이 좋아져서 하누만 차티까지 버스가 다닙니다. 거기서 14킬로미터를 계속 걸어 올라가면 야무노트리가 나오지요. 니르띠야 바바를 보았다는 노천온천도 그 근처에 있을 겁니다."

비제이는 같은 방법으로 강고트리를 비롯해 케다르나트와 바드리나트 성지를 차근차근 설명해 주었다. 그러자 신기하게도 히말라야 봉우리들이 손에 잡힐 듯 눈앞에 펼쳐지는 것 같았다.

비제이는 내 등을 두들겨 주었다.

"지금은 우기라서 조심해야 합니다. 산사태로 길이 끊어지기 일쑤여서 산중에 고립될 수도 있습니다. 저 강물도 평소엔 맑은 편인데 폭우로 인해 황토색으로 변한 거니까요. 그 골짜기를 돌아보는 데 시간이 얼마나 소요될지는 신만이 아실 겁니다."

나는 늦은 밤까지 야무노트리로 가는 길을 꼼꼼하게 점검해 보았다. 리시케시에서 2백30여 킬로미터나 떨어진 먼 거리였다. 그것도 가파른 산길을 계속 올라가야 하는 팍팍한 노정이었다. 그러나 거기도 사람이 머무는 곳이라면 오르지 못할 이유가 없었다. 만일 아버지가 그곳에 없다면 산을 내려오면 그만이었다.

다음날 아침, 양치질을 하고 있는데 비제이가 다급하게 방문을 두드렸다. 칫솔을 입에 문 채 문을 열자 놀랍게도 방문 앞엔 전단지를 손에 쥔 스무 명 남짓의 사두들이 웅성대고 있었다.

그들은 나를 보자 마구 달려들었다. 한꺼번에 영어와 힌두어로 소리를 질러 대는 모습이 저자거리의 부랑아를 연상케 했다. 강에서 목욕하던 순례자들까지 구경거리를 만났다는 듯 우르르, 모여들었다. 나는 그들의 후미에서 눈치를 살피는 예스 사두를 발견한 후에야 사태를 짐작할 수 있었다.

나는 그들과의 대화를 포기하고 비제이를 돌아보았다. 그는 몇 마디 말로써 금세 사태를 진정시켰다. 비제이는 약간 고압적인 태도로 대화를 시작했다.

그러나 비제이도 포기했다는 듯 이내 눈살을 찌푸리며 돌아섰다.

"저들은 모두 당신의 부친을 보았다고 주장합니다. 몇 달 전 하리드와르에서 만났다는 자가 있는가 하면, 서너 해 전에 바드리나트에서 보았다는 자도 있고, 심지어 어젯밤 리시케시에서 함께 차를 마셨다는 사람까지 있습니다."

"혹시 저들 가운데 정직한 사람도 섞여 있지 않을까요?"

"그럴 수도 있겠지요. 어쨌든 저들은 지금 전단지에 적힌 사례금에만 관심을 보이고 있습니다. 어떻게 하면 좋을까요? 내 생각엔 저들을 빨리 돌려보내는 게 좋을 것 같습니다만……."

나는 동의하듯 고개를 끄덕였다. 하지만 아침의 방문객들은 좀처럼 물러설 기미를 보이지 않았다. 오히려 시간이 지날수록 그 수가 불어나고 있었다.

"비제이, 저 사람들은 출가 수행자라면서 어떻게 거짓 정보에 대한 대가를 당당하게 요구할 수 있지요?"

"저들은 예스 사두처럼 커다란 행운을 기대할 뿐입니다."

"그걸 어떻게 알았을까요?"

"예스 사두가 떠벌렸겠지요. 당신이 쥐어 준 돈은 리시케시 같은 시골에선 식당 종업원의 열흘 치 급여에 해당하는 액수입니다. 그 행운이 저들의 눈을 탐욕으로 가려 버린 겁니다."

나는 어처구니가 없어서 웃음을 터뜨렸다.

"신성을 꿈꾸는 수행자들이 돈 몇 푼 때문에 거짓말을 한다는 게 믿어지지 않는군요."

"저들은 신께서 당신을 여기로 보냈다고 생각할 겁니다. 옛날부터 우리나라엔 푼니야라는 풍습이 있지요. 해마다 성지를 찾아 수행자나 가난한 사람들에게 돈과 음식, 또는 옷가지 등을 보시하는 걸 말합니다. 당신이 원한다면 사두들에게 자선을 베푸는 것도 그리 나쁘진 않을 것 같습니다. 그렇지만 어제처럼 많은 돈을 주면 더 많은 사람이 몰려들 수 있으므로 주의해야 합니다."

"그렇다면 저도 푼니야를 올리겠습니다. 저들에게 돈보다 아침 공양을 제공하는 게 어떨까요?"

"아주 좋은 생각입니다. 그렇다면 사람들을 설득해 함께 식당으로 갑시다."

비제이가 다시 사두들 앞으로 나섰다. 그는 부드러우면서도 나직한 어조로 사람들을 설득하기 시작했다. 돈을 요구하며 강경한 태도를 보이던 몇 명의 사두도 이내 잠잠해졌다.

나는 그들을 데리고 초티왈라 식당으로 향했다. 새벽부터 강물로 뛰어들던 순례자들이 무슨 일인가 싶어 고개를 빼고 우리를 구경했다. 마치 내가 수행자 무리의 우두머리라도 된 듯한 기분이었다. 식당에 도착해 인원을 점검하자 어느새 행렬은 60여 명으로 불어나 있었다. 강변에 앉아 있던 사두와 걸인들까지 소문을 듣고 합세한 탓이었다.

비제이가 잠시 난감한 표정을 지었지만 나는 개의치 않고 농담을 던졌다.

"어차피 선업을 쌓는 일이라면 사람의 숫자가 많을수록 좋지 않겠습니까?"

"힌두교의 논리대로라면 그렇긴 하지요."

"그럼 푼니야를 시작해 봅시다."

우리는 탈리를 주문했다. 그들이 식사하는 모습은 의식을 행하듯 경건했다. 아침부터 숙소로 찾아와 막무가내로 소란을 피우던 모습과 사뭇 다른 풍경이었다.

예기치 않은 푼니야 의식은 두 시간 만에 끝이 났다. 아침 공양을 마친 사두들은 하나둘 트리슐라를 챙겨들고 식당을 빠져나갔다. 그들 가운데 몇몇은 내 이마에 붉은 물감을 바르며 신의 축복을 내려 주기도 했다. 다시 전단지를 꺼내 드는 사람은 아무도 없었다.

비제이와 나는 그들이 떠난 식당에 남아 늦은 아침을 먹었다. 방금 전까지 흰색과 주황색 장옷을 입은 사두로 북적이던 식당은 금세 일반 순례자들로 채워졌다.

"힌두교의 사고방식에 따르면 당신은 오늘 푼니야를 통해 자신의 죄를 소멸시켰습니다. 자선의 대상인 저들이 없었다면 당신의 푼니야가 성립될 수 없었겠지요. 다시 말해 신의 대리인인 저들은 당신의 죄를 없애는 데 동참해 준 은인일 수도 있습니다. 이제 당신도 절반쯤은 인도 사람으로 보이는군요."

"그렇게 말해 줘서 고맙습니다."

나는 비제이가 말한 죄와 소멸, 그리고 전생의 의미에 관해 생각해 보았다.

"인도는 신들의 대지입니다. 여기선 모든 걸 긍정적으로 받아들이십시오. 이 땅을 여행하는 동안 항상 신께서 함께하고 있음을 잊지 마십시오. 그러면서 조금씩 익숙해지는 겁니다. 참, 내 부친께서 당신에게 흥미를 갖고 계십니다. 오늘 저녁에 시간을 만들 수 있겠습니까?"

"저로선 행운이지요."

"그럼 저녁에 숙소에서 만납시다. 저는 가족들이 부탁한 선물 몇 가지를 사야 되거든요."

우리는 식당 앞에서 헤어졌다. 기타바반 사원을 지날 무렵 또 비가 퍼붓기 시작했다. 순식간에 시야를 뿌옇게 흐려 놓는 거센 빗줄기였다. 나는 빗발에 아랑곳없이 강물로 뛰어드는 순례자의 행렬을 우두커니 바라보다 걸음을 재촉했다.

작은 상점 앞을 지나는데 작달막한 체구의 배불뚝이 주인이 내게 손짓을 했다. 나는 마침 담배를 사려던 중이어서 망설이지 않고 상점으로 들어섰다.

"저는 바라싱이라고 합니다. 어제 당신이 전단지 붙이는 걸 보았지요. 베드니케탄으로 찾아갈까 했지만, 지금은 시바 신의 축제

기간이라서 잠시도 자리를 비울 수 없었습니다. 오늘 같은 주말엔 백만 명 이상의 순례자들이 리쉬케시로 몰려들기 때문이지요."

젊은 시절 지방 신문사에서 기자 생활을 했다는 바라싱은 영어가 유창했다. 그와 얘기를 나누는 순간에도 수시로 손님들이 드나들었다.

"우선 차부터 한 잔 하시죠."

나는 방금 마셨다는 말로 그를 만류했다.

"식당에서 파는 차와 집에서 끓인 차 맛이 같을 수는 없지요. 몸에 좋은 생강을 듬뿍 넣었으니 사양하지 마십시오. 그런데 전단지 속의 사진이 정말 당신의 부친이십니까?"

나는 새벽의 소란을 떠올리며 미심쩍게 그를 쳐다보았다. 바라싱은 손님을 상대하는 와중에도 내게서 관심을 거두지 않았다. 나는 아버지에 관한 단서를 기대하면서 차를 홀짝거렸다. 그가 정말로 전직 기자라면 새벽의 방문객처럼 거짓말을 늘어놓지 않으리란 믿음이 생겼기 때문이었다.

"혹시, 제 부친을 본 적이 있습니까?"

"예. 정확히 5년 전의 겨울이었습니다. 그분은 사고로 어미를 잃은 송아지에게 주려고 아침마다 우유를 서너 봉지씩 사 가곤 했지요."

나는 찻잔을 내려놓았다.

"5년 전이라고 하셨습니까? 어젯밤 어떤 사두가 찾아와 오래전 야무노트리에서 비슷한 사람을 보았다고 말하던데……."

"아마 그 말이 맞을 겁니다. 내게도 야무노트리에서 내려온 길이라고 말씀하셨으니까. 봄이 오자 그분은 갠지스 강의 원류인 강고트리로 올라가셨습니다. 그분은 아직 그곳에 계시거나 다른 골짜기로 떠났을 수도 있습니다. 대부분의 사두들은 겨울이면 혹한을 피해 우타르카시나 리시케시로 내려왔다가 다시 올라가곤 하거든요. 물론 몇 년씩 남인도를 순례하는 분들도 계시긴 하지만요. 그런데 당신은 그분과 정말 닮았군요. 혹시 부친을 뵙게 된다면 제 안부도 전해 주십시오."

"알겠습니다."

"바람의 신 바우라면 몰라도 인간의 몸으로 히말라야를 샅샅이 뒤지는 건 여간 어려운 일이 아닐 겁니다. 아무튼 행운을 빌겠습니다."

나는 찻잔을 비운 다음 감사를 표하고 상점을 빠져나왔다. 몇 해 동안 인도를 떠돌다 접한 아버지의 흔적은 어느 정도 기대할 만한 것이었다. 하지만 빗발에 가려진 강 건너 차안의 풍경처럼 그 실체는 흐릿하기만 했다. 사람들의 말대로라면 어제의 아버지는 야무노트리에 머물고 계셨는데, 오늘은 어느새 숨바꼭질하듯 강고트리로 이동해 있었다. 그렇다면 내일은 또 어느 골짜기로 옮겨 갈 것인가. 갑자기 전신으로 피로감이 몰려왔다.

저녁에 만난 비제이의 부친은 강변에 인접한 작은 사원에 머물고 있었다. 푸쉬카르 바바로 불리는 그는 어딘지 여유로우면서도 괴팍한 풍모를 지니고 있었다. 비제이는 시종일관 아버지를 바바지라고 불렀다. 그것은 인도에서 수행자를 일컫는 존칭어 가운데 하나였다. 그래서인지 두 사람 사이는 부자관계라기보다 스승과 제자처럼 보이기도 했다.

우리는 다소 엄숙한 분위기 속에서 차를 마셨다. 푸쉬카르 바바는 내게 한국이라는 나라에도 출가 수행자가 있는지 물었다. 이어 내가 경험한 인도와 수행에 대한 견해를 물었다.

나는 되도록 공손한 태도로 대답했다.

"저는 수행의 실체가 무엇인지 모릅니다. 그것을 열망한 적도 없습니다. 최근에 와서야 수행과 깨달음의 세계에 대해 조금씩 관심을 가지게 되었을 뿐입니다."

"만일 그대가 깨닫기를 원한다면 항상 자기 자신에게 질문을 던져야 한다. 나는 누구인가, 나는 어디에서 왔으며, 어디로 가고 있는가에 대해 끝없이 통찰하면서 명상을 거듭해야 한다. 아버지를 찾거나, 푼니야를 베풀거나, 자전거를 타거나, 산책을 하거나 항상 그 행위와 느낌과 마음과 자연의 이치를 알아차릴 수 있어야 한다. 그런 상태에선 모든 대상이, 심지어 숨 쉬는 일마저 수행의 재료가 될 수 있다. 진정으로 그럴 수 있다면 그대는 인도에서 아버지의 존재보다 훨씬 고귀한 각성을 경험하게 될 것이다.

누구나 태어날 순 있지만 그렇다고 해서 누구나 깨달음을 이해할 수 있는 건 아니다."

"그 말씀, 깊이 간직하겠습니다."

푸쉬카르 바바는 잠시 침묵을 지킨 후 느릿느릿 말을 이었다.

"부친의 소식은 더 들은 바가 있는가?"

"정확한 것은 아무것도 없었습니다. 솔직하게 말씀드리자면 그분께서 수행자가 되었다는 사실마저 반신반의하는 중입니다."

푸쉬카르 바바는 무슨 말인지 알겠다는 듯 고개를 끄덕였다.

"세속의 인연에 이끌려 출가 수행자의 행적을 찾는 건 바람직한 일이 아니다. 그것은 하늘에 떠 있는 별을 지상으로 끌어내리기 위해 애쓰는 인간처럼 어리석고 아둔한 일이다. 비제이도 앞으로 내게 찾아와 집안일을 의논하지 말고 스스로 결정하도록 해라. 우리는 같은 하늘 아래 살고 있지만, 이미 다르게 살도록 결정되어졌다. 옴 나무 나라얀!"

푸쉬카르 바바는 그 말을 끝으로 눈을 감고 침묵에 빠져들었다. 우리가 눈앞에 앉아 있다는 사실마저 잊어버린 얼굴이었다.

비제이가 그만 일어서자는 신호를 보내왔다. 우리가 인사를 올렸지만 그에게선 아무런 반응이 없었다.

어둠이 내리고 있었다. 사원을 빠져나온 우리는 강변으로 난 숲길을 따라 걷기 시작했다. 날이 저문 강변은 열광적으로 강을 찬미하는 순례자들로 북적거렸다. 그들은 환희에 찬 얼굴로 손뼉을 치면서 어머니의 강, 갠지스에게 바치는 노래를 합창하고 있었다. 나는 신발을 벗어 들고 순례자 사이에 섞여 강을 바라보았다.

강물은 광활한 인도 대지를 향해 빠른 속도로 흘러가고 있었다. 드디어 노래가 끝나자 함성과 함께 순례자들의 머리 위로 화롯불이 나타났다. 붉은 화염이 강바람과 만나 너울너울 춤을 추어 댔다.

화롯불로 제의를 마친 순례자들이 이번에는 강물로 몰려들었다. 그들의 손엔 언제 준비했는지 나뭇잎으로 엮은 예쁜 꽃배가 하나씩 들려 있었다. 손바닥처럼 작은 배는 아주 작은 양초를 중심으로 꽃잎들이 가득 채워진 상태였다. 그들은 손으로 바람을 막으며 조심스럽게 불을 붙인 다음 다투어 배를 띄워 보냈다.

거친 물살을 견디지 못한 대부분의 꽃배들은 얼마 흘러가지 못하고 불이 꺼지거나 전복되기 일쑤였다. 순례자들은 계속해서 배를 띄웠다. 어쩌다 운이 좋게 살아남은 불빛들이 어둠을 가르며 흘러가다 시야에서 사라지곤 했다. 대체 저 강물은 얼마나 깊고 넉넉한 품을 가졌기에 저렇게 많은 사람들의 소망을 일일이 끌어안은 채 신들의 대지를 적시며 흘러가고 있을까.

"인도 사람들은 저런 의식을 통해 소원에 한 걸음씩 다가서지요. 우리도 한번 해 봅시다."

비제이는 어둠 속에서 두 개의 꽃배를 가져와 내게 하나를 내밀었다. 그는 짧은 기도를 마친 후 정성스럽게 배를 띄웠다. 위태롭게 흔들리며 제자리를 맴돌던 배는 얼마 후 물살에 실려 빠른 속도로 흘러갔다. 내 손을 떠난 배 역시 잠시 흔들리다가 쏜살처럼 떠내려가기 시작했다.

  그것은 열두 해 전, 가족들의 만류를 뿌리치고 여행을 떠나듯 대문 밖으로 사라지던 아버지의 뒷모습을 연상케 했다. 나는 눈이 아플 때까지 깜박이는 꽃배의 불빛을 응시했다. 얼마 후 그 가냘픈 불빛은 어둠 속으로 완전히 사라져 버렸다. 강변의 사원에서 흘러나오던 노랫소리도 어느새 그쳐 있었다.

어떤 치한

리시케시를 출발한 버스는 20여 분쯤 강변을 끼고 달리다 곧장 산자락을 기어오르기 시작했다. 갠지스 강의 원류가 시작되는 지점에서 가장 가까운 곳에 위치한 강고뜨리행 버스였다. 지난밤 거의 잠을 이루지 못한 유코는 고개를 떨군 채 꾸벅꾸벅 졸고 있었다. 버스는 승객을 태우기 위해 산간 마을에서 잠깐씩 멈추곤 했다.

한동안 단잠에 빠져 있던 유코는 버스가 급정거를 하는 바람에 눈을 떴다. 고개를 들자 바로 옆에 시골 청년 하나가 엉거주춤한 자세로 서 있었다. 그의 어깨에 걸린 낡은 가방이 눈앞에서 흔들거렸다.

청년의 선량한 눈빛에 안도한 유코는 엉덩이를 차창 쪽으로 좁혀 그가 앉을 공간을 만들어 주었다. 청년은 감사의 표시로 손에 쥐고 있던 땅콩 봉지를 내밀었다. 그녀는 거절하고 싶었지만, 청년이 무안해 할까 봐 서너 알의 땅콩을 집어 들었다.
"어느 나라에서 오셨죠?"
청년이 땅콩을 우물거리며 수줍게 물었다.
"일본에서 왔어요."
유코는 피로가 가시지 않은 얼굴로 대답했다. 어제 비행기로 델리에 도착한 그녀는 잠깐의 휴식도 취하지 못한 채 곧장 리시케시행 야간버스에 몸을 실었다. 열흘간의 짧은 휴가를 가능하면 알뜰하게 사용하기 위해서였다.
유코는 지금 강고뜨리의 중간 경유지인 우타르카쉬 마을로 남자 친구를 만나러 가는 길이었다. 인도를 두 번째 여행 중인 그녀는 이 나라 남자들의 왕성한 호기심에 어느 정도 익숙해져 있었다. 잠시 후엔 이름이 뭐냐고 묻겠지, 다음엔 결혼 여부를, 다시 손목에 찬 시계의 가격 따위를 묻다가 결국엔 아무런 소용이 없는 주소까지 적어 달라고 하리라. 그런 경우 상대방의 심리 상태나 피곤함 따위는 안중에도 없는 게 여기 남자들의 보편적인 습성이었다.
"당신의 이름을 물어 봐도 될까요?"
"유코!"
그녀의 예상은 순서조차 빗나가지 않았다. 유코는 엷은 웃음을 띠며 단답형으로 대답했다. 짧은 대꾸만이 질문 공세로부터 벗어나 조금이라도 눈을 붙일 수 있는 방편처럼 여겨졌기 때문이었다.

"무누, 내 이름은 무누예요. 저는 식당에서 일하는 형을 만나 일자리를 알아보기 위해 다라슈까지 가는 길입니다."

자신을 무누라고 소개한 청년은 이번엔 오렌지를 내밀었다. 유코는 손을 저으며 사양하다 그것이 소용없음을 깨닫고 군말 없이 받아들었다. 그녀는 고맙다는 인사를 하지 않았다. 끝없이 계속될 게 분명할 질문 공세로부터 벗어나고 싶어서였다.

유코는 멀리 차창 밖으로 펼쳐지는 고산족의 마을을 바라보았다. 버스가 다니는 도로까지 내려오려면 족히 이틀쯤 걸릴 것 같은 산등성이에 세워진 마을이었다. 그녀는 멀고도 험준한 비탈에 납작하게 달라붙은 집들을 바라보며 자신도 모르게 한숨을 내쉬었다.

넉넉한 히말라야 능선과 무누의 순진한 표정에 마음이 풀어진 유코는 오렌지 한 조각을 입에 넣었다. 어찌나 맛이 달던지 방금 전 품었던 경계심이 녹아내릴 지경이었다.

유코는 차창으로 펼쳐지는 히말라야 풍광을 바라보다 자기도 모르게 쓴웃음을 지었다. 어젯밤 버스 안에서 겪었던 작은 소동이 떠오른 때문이었다.

그 시간, 유코는 델리를 출발한 장거리 야간버스에 앉아 있었다. 그런데 앞좌석과 뒷좌석의 간격이 좁아 여간 불편한 게 아니었다.

잔뜩 구부린 무릎 관절은 시간이 지나면서 마비된 것처럼 저려오기 시작했다. 잠결의 유코는 고통을 참지 못하고 살짝 벌어진 앞좌석 틈바구니로 발을 뻗었다. 얼마쯤 지나 이상한 느낌에 눈을 뜨자 앞좌석의 남자가 그녀의 발을 만지작거리고 있었다. 깜짝 놀란 그녀는 얼른 발을 끌어당겼다.

그녀는 어이가 없었다. 그 남자도 잠결이었는지 모르지만 일면식도 없는 여자의 발을 만지작거리는 게 도무지 이해되지 않았다. 얼마 후 유코는 다시 잠을 청했다. 감각이 무뎌진 무릎 통증은 시간이 지날수록 더해만 갔다. 그녀는 잠결에 몇 차례나 발을 뻗었다가 거두어들이길 반복했다. 그럴 때마다 어김없이 발을 만지던 남자는 급기야 두 손으로 장딴지를 끌어안기까지 했다.

새벽녘, 참다 못 한 유코는 자리에서 일어나 남자에게 삿대질을 하며 소동을 피웠다. 당연히 잠에서 깨어난 다른 승객들까지 자초지종을 알게 되었으므로 남자의 구차한 변명은 통하지 않게 되었다. 결국 남자는 붉게 상기된 얼굴로 목적지를 지척에 두고 버스에서 내려야 했다.

사실 유코는 리시케시에서 하루쯤 쉬었다가 우타르카쉬로 올라가고 싶었다. 그럼에도 불구하고 서둘러 버스를 갈아탄 것은 그 남자와 다시 마주칠지도 모른다는 불안감 때문이었다.

유코는 문득, 지난밤의 남자에게 미안한 생각이 들었다. 오죽 여자가 그리웠으면 냄새나는 발을 밤새 주무르다 못해 끌어안기까지 했을까. 은밀한 곳을 만진 것도 아닌데 많은 사람 앞에서 망신까지 줄 필요가 있었을까. 그녀는 자기의 발이 그처럼 사랑 받은 적이 없었다는 데 생각이 미치자 오히려 얼굴이 달아오를 지경이었다.

버스는 벼랑을 끼고 계속 달려 나갔다. 점점 고도가 높아지는지 차창으로 스며드는 바람도 차가워졌다. 유코는 얇은 보라색 숄을 몸에 둘렀다. 몇몇 승객은 여행 가방에서 털모자를 꺼내 뒤집어쓰기도 했다. 옆 좌석의 무누는 어느새 고개를 떨어뜨린 채 깊이 잠들어 있었다.

유코 역시 지난밤의 불편한 버스 여행 탓인지 졸음을 참지 못했다. 하지만 버스의 요동이 어찌나 심하던지 금세 잠에서 깨어나곤 했다. 그녀는 누더기를 걸친 양치기 노인이 산양을 몰고 비탈로 올라가는 걸 바라보다 잠에 빠져들었다.

그리고 얼마쯤 지났을까. 유코는 허벅지 위에서 무엇인가 움직이고 있음을 감지했다. 깜짝 놀란 그녀는 신경을 곤두세웠지만 그 느낌은 더 이상 계속되지 않았다. 그녀는 입맛을 다시며 잠 속으로 빠져들었다.

그런데 얼마 후 같은 곳에서 미세한 자극이 또 시작되고 있었다. 그것은 마치 허벅지에서 연한 실을 한 올씩 뽑아내는 것처럼 간지러웠다. 유코는 나른한 상태에서 실눈을 뜨고 아래를 내려다보았다. 보라색 숄 안으로 무누의 손이 촉수처럼 살그머니 들어와 있는 게 보였다. 그녀는 짐짓 눈을 감은 채 잠을 청했다.

무누의 손가락은 조금씩 대담해지고 있었다. 그에 비례해 자극의 반경도 갈수록 넓어졌다. 유코는 눈을 뜨지 않았다. 그의 정교한 손놀림은 이제 팬티 근처까지 접근하는 중이었다.

유코는 간지러움을 참지 못하고 잠결인 듯 몸을 뒤채며 무누의 손을 옆으로 밀어냈다. 그러자 무누는 재빨리 손을 끌어당겨 자신의 무릎에 올려놓는 것이었다. 그 동작이 어찌나 신속하고 천연덕스럽던지 마치 아무 일도 일어나지 않은 것처럼 여겨질 정도였다. 아무것도 모른다는 듯 눈을 감고 있는 무누에게 그녀는 연민의 정을 느꼈다.

유코는 인도 남자들이 성에 굶주려서 그런지, 아니면 원래 그런 기질을 가지고 태어나서 그런지 도무지 이해할 수 없었다. 그녀는 처음 인도를 여행하던 중 카주라호 사원에 조각된 온갖 체위의 섹스를 묘사한 작품을 대할 때도 비슷한 의문을 품었다.

얼마 후 유코는 허벅지 부근의 실핏줄이 깨어나는 느낌을 받았다. 그녀는 난데없이 무누의 손가락이 불쌍하게 여겨졌다. 그토록 자신을 욕망한다면 조금쯤은 빗장을 풀어 주고 싶은 마음도 들었다. 비록 어젯밤엔 버스에서 작은 소동을 피웠지만, 지금은 한낮인 데다 그의 손이 얼마나 깊숙이 들어올 수 있는지 한번 지켜보자는 심산도 있었다.

무누의 손은 겁을 잔뜩 집어먹은 소년처럼 아주 조심스럽게 움직였다. 그녀는 몸을 살짝 뒤척였다. 그러자 숄이 무릎 근처까지 흘러내렸다. 무누의 손은 숄 안에서 전보다 자유롭게 움직이기 시작했다. 그녀는 한숨 더 떠서 가볍게 코 고는 소리까지 내주었다.

얼마 후 무누는 대담하게도 그녀의 젖가슴 언저리까지 손을 뻗쳐 왔다. 그녀는 잠에서 완전히 깨어났지만 가볍게 한숨을 내쉬었을 뿐 끝까지 눈을 뜨지 않았다. 이제 무누의 손은 브래지어 위로 거침없이 움직이고 있었다.

그로부터 한 시간쯤 후 산길을 달리던 버스가 정차했다. 그와 동시에 무누의 손도 숄 밖으로 바람처럼 빠져나갔다. 유코는 아무것도 모른다는 듯 기지개를 켜며 창밖을 내다보았다.

"다라슈, 여기는 다라슈입니다!"

차장의 고함에 놀란 무누가 황급히 가방을 챙기며 일어섰다. 버스가 어디에 도착한지도 모른 채 집중해 있었다는 증거였다. 유코는 태연한 얼굴로 무누를 올려다보았다. 그는 무언가 망설이는 표정을 짓다가 버스에서 뛰어내렸다.

얼마 후 새로운 승객들이 줄지어 올라왔다. 그들의 손엔 고단한 삶의 징표인 듯 낡고 커다란 가방이 하나씩 들려 있었다. 한 청년이 버스 안을 두리번거리다 곧장 유코 앞으로 걸어왔다. 그녀는 엉덩이를 조금 옮겨 방금 전 무누가 앉았던 자리를 내주었다.

그런데 버스가 출발하기 직전, 무누가 뛰어와 주먹으로 차창을 두들겼다. 그의 손엔 가게에서 금방 사 온 듯 사과 세 개가 쥐어져 있었다. 유코는 창을 열고 활짝 웃으며 사과를 받아 들었다.

"쌩큐! 쌩큐, 마드모아젤!"

무누는 출발한 버스를 향해 힘차게 양손을 흔들었다. 유코도 속력을 내기 시작한 버스 밖으로 고개를 내밀고 손을 흔들어 주었다. 흙먼지를 잔뜩 뒤집어쓴 채 여전히 같은 자리에 서 있는 무누의 모습이 공연히 안쓰러웠다.

"저어, 당신은 어느 나라에서 오셨습니까?"

사과를 한 입 베어 물자 옆에 앉은 청년이 호기심 가득한 얼굴로 유코를 바라보았다. 유코는 대답 대신 사과 한 알을 청년에게 건네주었다.

람짓의 귀향

히말라야 산자락에 위치한 마날리행 심야버스가 델리를 출발한 것은 저녁 일곱 시가 조금 지나서였다. 람짓은 예정보다 한 시간이나 늦게 출발한 버스 안에서 비로소 안도의 한숨을 내쉬었다.

그가 처음으로 겪어 본 델리는 도저히 사람이 살 수 있는 도시가 아니었다. 길을 건널 수 없을 정도로 꼬리를 물고 달리는 자동차와 매연, 무슨 말인지 알아들을 수 없는 악다구니와 무더위, 어디로 가는지도 모르게 분주히 움직이는 수많은 인파 속에서 그는 어떻게 보름이 지나갔는지 정신을 차릴 수 없었다. 람짓은 그것도 모르고 도시 생활을 꿈꾸었던 자신의 생각이 얼마나 바보 같고 어리석었는지 확연히 깨달을 수 있었다.

람짓이 델리에 실망한 것은 자기보다 두 해나 일찍 도시로 탈출했던 고향 친구 샴을 만나면서부터였다. 샴은 가끔 보내왔던

편지 내용과 달리 곤궁하게 살고 있었다. 그는 악머구리들의 복판에서 숨죽인 채 납작하게 엎드린 한 마리 짐승처럼 보였다.

그도 그럴 것이 영화 속에서나 보던 아름다운 여자들과 화려하게 살고 있을 줄 알았던 샴은 시장바닥에서 새벽부터 늦은 밤까지 재봉틀에 매달려 있었다. 일터라는 곳 역시 고향의 염소 우리보다 비좁고 더러웠다. 그렇다고 월급이 많은 것도 아니었다.

람짓은 집에서 기르는 염소와 델리의 샴 가운데 누가 더 행복할까 생각해 보았다. 샴에겐 미안한 일이었지만, 얼마 전 새끼를 두 마리나 낳은 자기 집 염소가 친구보다 훨씬 안락하게 여겨졌다.

얼마 전 람짓은 사기꾼을 만난 후 델리 사람들에게 또 한 차례 절망했다. 그는 취직을 시켜 준다는 말에 속아 다섯 마리의 염소를 몰래 팔아 마련한 돈까지 몽땅 털렸다. 적어도 거짓말로 남의 돈을 빼앗는 짓은 고향 마을에선 상상할 수도 없는 일이었다. 그 후 식당에서 다시 만난 사기꾼은 자기는 돈을 한 푼도 가로챈 적이 없다며 오히려 사람들 앞에서 모욕을 주었다. 그에겐 델리 사람들이 대부분 사기꾼처럼 보였다.

람짓은 고향에서 기다리고 있을 여자 친구 맘따를 떠올렸다. 델리에 나가 성공하면 반드시 데리러 오겠다고 약속한 여자였다. 그녀는 고향을 떠나던 마지막 밤, 약속의 징표로 달콤한 키스와 가벼운 애무를 허락했었다. 그는 달착지근한 입술과 봉긋하게 솟아오른 젖무덤의 부드러운 감촉을 잊을 수 없었다.

촌뜨기라는 이유로 자신을 벌레처럼 쳐다보던 재봉틀집 딸보다 맘따가 예쁘지 않은 건 사실이었다. 하지만 람짓은 수중에 지닌 돈을 모두 털리자 제일 먼저 맘따를 떠올렸고, 더 이상 델리에 머물고 싶은 마음도 사라져 버렸다.

람짓은 자신의 어리석은 행동을 후회하며 보름 만에 귀향을 결심했다. 무엇보다 눈이 부시도록 푸르른 고향의 산자락이 떠올라 견딜 수가 없었다. 드디어 짐을 꾸린 람짓은 마지막으로 맘따에게 줄 선물을 마련하기 위해 찬드니 초크 시장을 뒤지고 다녔다. 시장은 사람들이 뿜어내는 열기와 온갖 쓰레기가 뒤섞여 혼잡하기 그지없었다.

친구에게 빌린 돈으로 간신히 목걸이 하나를 마련한 람짓은 살구 씨로 짠 기름을 파는 가게 앞에서 걸음을 멈추었다. 상점 주인은 작은 병 하나를 무려 90루피에 팔고 있었다. 고향에서라면 30루피로도 충분히 살 수 있는 물건이었다. 그는 어째서 사람들이 도시 생활을 동경하는지 도무지 이해할 수 없었다.

람짓은 한시라도 빨리 도시에서 벗어나고 싶었다. 델리에 도착한 뒤부터 시작된 두통도 갈수록 심해지는 것 같아 일찌감치 버스 정류장으로 향했다. 어쩐지 고향에 도착하면 그 고통스러운 증상도 깨끗하게 사라져 버릴 것 같은 기분이 들었다.

이제 람짓의 수중엔 차를 마실 동전 한 푼 남아 있지 않았다. 그는 깨끗한 호주머니가 오히려 홀가분하게 여겨졌다. 드디어 날이 저물자 버스가 지긋지긋한 델리를 벗어나기 시작했다. 도로가 막힐 때마다 울려 대는 경적 때문에 머리카락이 곤두서곤 했지만 그것도 얼마 후엔 끝날 일이었다.

살짝 선잠이 들었던 람짓은 자정이 지나서야 콧속으로 스며드는 상큼한 공기에 눈을 떴다. 그것은 보름 동안 도시에서 맡던 시금털털한 냄새가 아니었다. 그는 눈을 비비며 주변을 살펴보았다. 산비탈에 늘어선 수목들이 불빛에 몸을 드러냈다가 어둠 속으로 물러서곤 했다. 마침내 버스가 히말라야 산자락으로 접어들기 시작한 탓이었다.

버스 안의 승객들은 깊이 잠들어 있었다. 람짓은 염소처럼 코를 벌름거리며 마음껏 산 냄새를 맡았다. 그것은 맘따의 젖가슴에 코를 박았을 때 풍겨 오던 달콤하고도 싱그러운 체취를 닮아 있었다. 버스가 산간 마을을 지나는지 간혹 정겨운 가축 냄새가 창문으로 스며들곤 했다. 이상한 일이었지만, 그 냄새를 맡자 보름 동안 그를 괴롭히던 두통도 말끔히 사라지고 말았다. 람짓은 맘따를 떠올리며 작은 소리로 콧노래까지 흥얼거렸다.

드디어 날이 밝아 오고 있었다. 람짓은 미명 속에 줄지어 골짜기로 향하는 염소 떼를 바라보다 힘없이 고개를 떨구었다. 그는 손바닥을 비벼대며 생각에 생각을 거듭했다. 아무리 고민해도 맑은 정신으로 가족을 만날 면목이 서지 않았다. 여간해선 화를 내지 않으시는 아버지에겐 어떻게든 용서를 구한다 치더라도, 누이 동생 혼례에 쓰일 다섯 마리의 염소 값을 대신할 묘안이 떠오르지 않았다. 게다가 성공해서 돌아오길 기다리는 맘따에겐 또 어떻게 설명한단 말인가.

마날리가 점점 가까워질수록 람짓의 어깨는 무거워졌다. 종점까지 네 시간 가량을 남겨 놓고 버스가 만디에 정차하자 그의 혼돈은 극에 달했다. 차라리 그토록 증오하던 델리로 도망치고 싶은 심정이 들기도 했다. 하지만 여비가 한 푼도 남지 않은 지금으로선 그럴 수도 없는 일이었다.

운전기사와 승객들이 아침을 먹기 위해 버스에서 내린 뒤 람짓은 좌석에 홀로 남겨졌다. 아침을 걸렀지만 배가 고픈 줄도 몰랐다. 얼마 후 다시 출발한 버스는 람짓이 우울한 얼굴로 한숨을 내쉬는 동안에도 사과 산지로 유명한 쿨루 계곡을 지나 쉬지 않고 달렸다.

드디어 정오가 되자 밤새 달려온 버스는 종점인 마날리에 승객을 풀어 놓았다. 람짓은 사람들의 뒷모습을 우두커니 바라보다 근처에서 짐꾼으로 일하는 친구 라지브를 떠올렸다. 어려서부터 같은 골짜기에서 자란 죽마고우였다.

보름 만에 다시 만난 라지브는 여전히 활기찬 모습이었다.

"이제야 하는 말이지만 나도 작년에 델리로 도망쳤다가 두 달 만에 돌아왔다네. 자네도 충분히 경험했겠지만 어디 거기가 사람이 살 만한 곳이던가. 아무튼 잘 돌아왔네. 우리 같은 산골 무지렁이들은 산에서 살아야 하는 게야. 죽어서도 산 그림자 밖을 벗어날 수 없는 거지. 그렇다면 여기 골짜기에 마음을 묻고 사는 길 외엔 다른 방법이 없다네."

점심을 사 준 라지브는 일터로 돌아가면서 따뜻한 위로를 잊지 않았다. 람짓은 친구의 말을 곰곰이 되짚으며 날이 저물 때까지 버스 정류장 부근을 배회했다. 서둘러 집으로 돌아가고 싶은 마음이 간절했지만 형언할 수 없는 부끄러움이 발걸음을 더디게 만들고 있었다.

람짓은 어둠이 완전히 내린 뒤에야 계곡을 건너 집으로 향했다. 자가수크 마을까지는 7킬로미터를 더 걸어야 했다. 그는 델리로 도망칠 때와 달리 되도록 천천히 걸었다.

밤하늘엔 수만 아니, 수십만 주먹의 왕소금을 뿌려 놓은 듯 커다란 별들이 총총히 박혀 있었다. 두 시간쯤 산길을 걷자 이윽고 고향 마을의 불빛들이 나타나기 시작했다. 그것은 마치 밤하늘에 떠 있던 소금이 잠시 지상으로 내려앉은 것처럼 따스하게 보였다.

한동안 마을 입구에서 배회하던 람짓은 용기를 내어 맘따의 집으로 향했다. 그녀의 창문에도 아직 하얀 소금 한 알이 따스한 빛을 발하고 있었다. 람짓은 창문 밑에서 그 불빛을 올려다보았다. 그림자로 미루어 그녀는 뜨개질을 하고 있는 것으로 보였.

람짓은 차마 그녀를 불러낼 용기가 나지 않았다. 밤이 깊어지자 몸속으로 한기가 파고들기 시작했다. 그는 잔뜩 웅크린 채 한 시간쯤 서성이다 더 이상 추위를 견디지 못하고 집으로 향했다.

드디어 집에 도착한 람짓은 건초더미를 한아름 끌어안고 살금살금 염소 우리로 기어들었다. 얼마 전에 태어난 두 마리의 염소가 어미 곁에서 새근새근 잠들어 있었다. 람짓은 그들 곁에 건초를 깔고 잠을 청했다. 기분 좋은 풀 냄새가 코끝으로 스며들었다.

이른 새벽, 잠에서 깨어난 람짓은 몸을 뒤척이다 얼른 눈을 감았다. 그는 짐짓 코까지 골면서 잠든 시늉을 했다. 염소 우리를 둘러보고 돌아서는 아버지의 뒷모습을 실눈으로 확인하며 그는 하마터면 눈물을 흘릴 뻔했다.

아버지가 아무런 말 없이 덮어 준 외투엔 따스한 온기가 남아 있었다. 잠시 후 잠에서 깨어난 새끼 염소가 외투 안으로 비집고 들어왔다. 람짓은 살그머니 손을 뻗어 염소를 어루만졌다. 그 감촉은 맘따의 앞섶에 숨어 있던 젖가슴만큼이나 따스하고 부드러웠다.

인도로 가는 동안 5

내가 요기 찬드로 바바를 발견한 것은 카사데비에 머문 지 엿새쯤 지난 후였다.

그는 사방이 훤하게 트인 소나무 숲 작은 사원 앞에 둔나라고 부르는 성스러운 불을 피워 놓고 선정에 잠겨 있었다. 아주 멀리 병풍처럼 펼쳐진 설산을 배경으로 카사데비 언덕의 능선을 따라 곧게 뻗어오른 노송들이 더할 수 없이 청정하게 보였다. 그가 걸친 주황색 낡은 가사만이 푸른 숲과 어우러져 수행자의 몸가짐을 더욱 두드러지게 만들어 줄 따름이었다.

내가 거대한 히말라야에서도 쿠마온 지역으로 분류되는 카사데비를 찾은 건 일정에 없던 일이었다. 아니, 일정은 고사하고 히말라야에 그런 골짜기가 있다는 사실마저 알지 못했다.

며칠 전까지만 해도 나는 뉴델리 시장 골목에 숙소를 잡아 놓고 한국으로 돌아갈 비행기 티켓을 알아보고 있었다. 인도에서 사라진 아버지의 행적은 여전히 오리무중이었다. 그동안 인도를 떠돌면서 확인한 것은 당신이 콜카타를 통해 인도로 들어왔다는 사실뿐이었다. 드디어 한국으로 돌아가게 되었다는 설렘과 차마 발길이 떨어지지 않는 아쉬움 사이에서, 나는 귀국 날짜를 정하지 못한 채 거리를 쏘다니는 것으로 시간을 축내던 중이었다.

뉴델리의 숙소는 시바 게스트하우스라는 이름을 지닌 매우 낡고 허름한 집이었다. 항상 인파로 북적이는 포목점 골목 귀퉁이에 작은 간판이 하나 걸려 있는데, 그나마 페인트칠이 군데군데 벗겨지고 색상 또한 흐릿해서 단골로 묶어가는 여행자가 아니면 찾아들기도 쉽지 않은 집이었다. 나는 델리에 머물 때마다 주로 그 집의 옥상에 달아낸 다섯 개의 방 가운데 하나를 이용하곤 했다. 방에서 나오자마자 하늘을 올려다볼 수 있는 옥상 특유의 넓은 공간이 마음에 들어서였다.

그런 구조 때문인지 몰라도 시바 게스트하우스엔 오랜 연륜을 지닌 배낭 여행자가 주로 드나들었다. 인도 대륙에 심취한 나머지 인생의 절반 이상을 길 위에 바친 사람들이었다. 그들은 하나같이 게으른 눈빛을 지니고 있었고, 여간해선 서두르는 법이 없었으며, 옷차림과 말투에서도 어쩔 수 없이 고단한 냄새를 풍기곤 했다.

내게 카사데비 골짜기에 관해 말해 준 피터 역시 길에서 허리가 휘어 버린 70대 초반의 영국 출신 히피였다. 그는 인도에 드나들기 위해 평생 동안 열 번쯤 여권을 갱신했고, 이젠 그 자신도 얼마나 여러 차례 신들의 대지를 찾아왔는지 기억조차 못 하는 사람이었다.

내 옆방에 머물던 피터는 밤마다 침낭을 가지고 나와 큼직한 평상 위에서 잠들곤 했다. 그는 천성적으로 지붕을 좋아하지 않았다. 비가 내리거나 아주 추운 날이 아니면 어디서나 그런 식으로 잠자리를 해결했다. 그래서인지 피터는 눈빛까지 늙고 선량한 동물을 닮아 있었다. 우리는 종종 옥상에서 함께 차를 마셨다. 그는 인도 대륙과 길에 관한 한 온갖 지혜가 담긴 다락방의 고서처럼 여겨지는 사람이기도 했다.

어느 날 아침, 그는 인도의 여러 고장에 관한 얘기 끝에 눈을 반짝이며 물었다.

"쿠마온 히말라야 지역의 카사데비 골짜기를 방문한 적이 있습니까?"

"나도 인도를 꽤 여행한 편이지만 거긴 처음 들어 보는 지명이군요. 카사데비는 어떤 곳입니까?"

그 순간, 피터의 눈빛이 가볍게 흔들렸다. 나는 먼 곳을 응시하는 그의 텅 빈 동공 속으로 일련의 풍경들이 파노라마처럼 지나가는 걸 감지했다. 그리고 어쩌면 그곳은 아주 특별한 설산일 거라고 나름대로 상상해 보았다.

"사람마다 기준이 다르겠지만, 내게 샹그릴라가 어디인지 꼽으라면 당연히 카사데비라고 답할 것입니다. 여행자를 불러들이는 특별한 유적이나 볼거리는 없지만, 오히려 그런 이유 때문에 외부의 오염으로부터 차단된 마을이지요. 인도에서 일생을 보내다가 돌아갈 곳이 없어진 늙은 떠돌이나 히말라야를 전전하다 죽음을 목전에 둔 이름 없는 수행자들이 마지막 장소로 선택하는 고장이기도 합니다."

피터는 자신을 늙어 버린 떠돌이에 비유하고 있었다. 그의 목소리는 마치 한 편의 시를 낭송하듯 낮고 평화로웠다.

"매년 4월 초순이면 갑자기 카사데비 골짜기에 나타난 수천만 마리의 나비 떼가 능선을 향해 날아오릅니다. 며칠 동안 북쪽 설산을 뒤덮으며 날아가는 거지요. 그들이 어째서 거기로 날아가는지 알 수 없지만, 매년 반복되는 그 풍경은 마치 어지러이 흩날리는 함박눈을 연상케 합니다. 눈을 들면 멀리 병풍 같은 만년설의 골짜기가 나른하게 펼쳐지고, 그곳으로부터 청량한 바람이 불어와 능선에 흩어진 유채 꽃의 노란 꽃망울을 틔워 놓곤 합니다. 그 마을의 농부들은 부지런하지도 게으르지도 않습니다. 조상들이 대대로 그래 왔던 것처럼 계단식 밭을 일구면서 히말라야와 신들을 경배할 따름이지요. 그런 곳에서 인생을 마칠 수 있다면 무엇과도 바꿀 수 없는 축복이 될 것입니다."

나는 피터의 설명을 들으며 죽음을 목전에 둔 코끼리가 자신의 무덤을 찾아가는 고독한 풍경을 떠올렸다. 인도에서 실종된 아버지에 대한 기억도 겹쳐졌다. 어쩌면 당신 역시 세상에 흔적을 남기지 않은 채 늙어 버린 코끼리처럼 비밀스럽게 사라지길 소망했는지도 모를 일이었다.

사실 나는 아버지 찾기를 거의 포기한 상태였다. 내가 알고 있는 당신은 그런 종류의 신비주의와 거리가 먼 분이었다.

그러나 피터의 말처럼, 카사데비가 세상을 좁히고 다닌 떠돌이나 수행자들이 죽음을 앞두고 찾아들 만한 곳이라면 뭔가 특별한 기운이 서려 있을 게 분명했다. 내 마음은 어느새 그 골짜기를 향해 움직이고 있었다.

"나는 젊은 시절, 헬레나 노르베류 호지 여사가 인류가 지향해야 할 미래라고 극찬한 라다크 히말라야 지역의 아름다운 풍습이 바깥세상 사람들로 의해 훼손되는 과정을 지켜보았습니다. 지금은 카사데비에 대해서도 비슷한 우려를 하고 있지요. 여행자란 때로 한 고장의 전통이나 문화를 파괴하는 조용한 침략자들이니까요."

"당신의 의견에 충분히 동의합니다. 그렇게 우려하면서도 지금 카사데비에 대해 말해 주는 건 무슨 까닭입니까?"

"나는 그 지역이 훼손되지 않기를 바라지만, 그런 소망만으로 변화의 물결을 막을 수 없다는 것도 압니다. 당신은 좋은 렌즈와 감성을 지닌 사람처럼 보입니다. 떠돌이는 떠돌이를 알아보기 마련이지요. 카사데비가 더욱 훼손되기 전에 직접 당신의 눈으로 그 골짜기를 확인하는 것도 의미 있는 여행이 될 것입니다."

마침 나는 델리가 지겨워지던 참이었다. 게다가 한국으로 서둘러 돌아가야 할 뚜렷한 이유가 있는 것도 아니었다. 그날 저녁, 나는 카스고담으로 가는 밤기차에 몸을 실었다.

이튿날 새벽, 나는 기차의 종점에서 버스를 갈아타고 산중 도시 알모라로 향했다. 카사데비로 가기 위해선 거기서 다시 지프로 갈아타야 했다. 피터가 적어 준 약도를 확인하며 목적지에 도착하자 어느새 날이 저물고 있었다. 스무 시간 남짓 쉬지 않고 달려온 길이었지만 크게 피곤하진 않았다.

카사데비 골짜기에 대한 피터의 찬사는 결코 과장된 게 아니었다. 끝없이 뻗어나간 능선을 따라 흙으로 지은 정다운 집들이 그림처럼 흩어져 있었고, 완만한 경사면을 개간해 만든 경작지에선 푸릇푸릇한 밀과 노란 유채꽃이 한창 어우러지고 있었다. 사방으로 시야가 트여 있어서 고개를 들면 어디서든 북쪽으로 눈 덮인 히말라야 봉우리들이 병풍처럼 펼쳐졌다. 그런 환경 때문인지 몰라도 주민들은 하나같이 순박하고 온순해 보였다.

그러나 피터의 말처럼 늙은 히피나 죽음을 앞둔 수행자들의 모습은 쉽게 눈에 띄지 않았다. 다만 끝없이 뻗어 나간 능선과 반복해서 겹쳐지는 골짜기 어딘가에 그들이 은거하고 있으리라 짐작

될 뿐이었다.

나는 아침마다 배낭에 간식을 챙겨 넣고 부드럽게 이어진 능선을 따라 산책하는 것으로 일과를 시작했다. 여러 갈래로 풀어지는 아름다운 산길은 두어 시간으로 예정했던 산책 시간을 길게 늘여 놓곤 했다. 사흘째 되는 날엔 아예 새벽부터 길을 나서 골짜기를 쏘다니다 해가 저문 뒤에야 돌아올 수 있었다.

그리고 엿새째 되는 날 오후, 드디어 서쪽 능선의 소나무 숲에서 명상에 잠긴 찬드로 바바와 마주치게 되었다. 나는 그를 방해하지 않기 위해 어느 정도 거리를 두고 지켜보다가 잠시 쉬어 갈 요량으로 소나무 밑에 앉았다. 바람에 묻어오는 송진 향기가 더할 나위 없이 상쾌했다. 나는 눈을 감은 채 잠시 선잠이 들었고, 얼마 후 인기척에 놀라 눈을 뜨자 맨발의 수행자가 만면에 웃음을 머금고 내 앞에 서 있었다.

"시바 신의 이름으로 축복을! 그대는 어디서 온 누구신가요?"

나는 대답 대신 황급히 자리에서 일어나 인사를 올렸다. 이마에 붉은 물감으로 삼지창을 그린 수행자는 키가 2미터에 가까운 장신이었고, 여러 가닥으로 새끼줄처럼 흘러내린 머리카락이 종아리 부근에서 출렁이고 있었다.

"저는 한국에서 온 림카라고 합니다."

아주 짧은 순간, 그의 눈빛이 흔들렸다.

"코리아! 그대는 내가 여기 머문 40여 년 동안 두 번째 만나는 한국 사람이군요. 사람들은 나를 요기 찬드로 바바라고 부릅니다. 그건 만월이라는 뜻이지요. 불을 지펴 차를 대접하고 싶으니 솔방울을 주워 오십시오."

찬드로 바바는 내게 낡은 주황색 바랑을 내밀었다. 나는 오랜 세월 그에게 길들여진 제자처럼 소나무 숲에서 솔방울을 줍기 시작했다. 따스한 인상 때문인지 명령 투의 말이 조금도 거슬리지 않았다.

잠시 후 바랑에 솔방울과 마른 나뭇가지를 가득 채워 가자 찬드로 바바는 이미 알루미늄 반합을 걸어 놓고 불을 지피는 중이었다. 나는 솔방울을 그 옆에 쏟아 놓은 다음 문이 활짝 열린 다섯 평쯤의 사원으로 걸음을 옮겼다.

찬드로 바바가 손수 건축한 사원 내부엔 자연석을 정으로 쪼아 만든 하누만 신이 모셔져 있었다. 인간의 몸에 원숭이 머리를 얹은, 인도 어디에서나 흔하게 볼 수 있는 신상 가운데 하나였.

사원의 내부를 대충 둘러보고 나오려는데 신상 옆에 놓인 이상한 물체가 눈에 들어왔다. 백단향 나무로 반듯하게 짠 정사각형의 탁자 위에 올라앉은 그것은 놀랍게도 인간의 두개골이었다. 어째서 찬드로 바바는 저처럼 사원 안에 두개골을 모셔 놓은 것일까. 고개를 갸웃거리며 돌아오자 찬드로 바바가 내 의문에 대답하듯 부드러운 목소리로 말했다.

"수행자에겐 지상의 모든 것이 명상의 재료가 될 수 있습니다.

눈이 밝은 고고학자라면 무덤에서 발굴한 미라를 보면서 인류의 과거와 현재를 읽어 낼 것입니다. 그것은 오랜 풍화작용과 함께 미라에서 삭아 내린 살과 피를 본질로 되돌리는 작업이기도 하지요. 그와 반대로 지혜가 밝은 수행자라면 살아 움직이는 인간을 재료로 죽음의 세계까지 읽어 낼 수 있어야 합니다. 그것은 현재를 호흡하는 자신으로부터 살과 피를 걷어 내는 작업이기도 하지요. 사원에 안치된 저 두개골은 내게 가장 소중한 명상의 재료이자 도반입니다. 나는 저 두개골에 살과 피를 입히고 걷어 내기를 반복함으로써 무상과 무아의 세계조차 하나의 대상에 불과한 것임을 깨닫고 있는 중입니다."

"그것은 궁극적으로 무엇을 위한 과정입니까?"

"두개골에는 욕망의 기능이 없습니다. 내 몸에서 살과 피를 걷어 낸 다음 존재 방식을 하나의 뼈 무더기로 바꾸는 작업, 그것은 내 안에서 일어나고 스러지기를 반복하는 욕망과 고통을 다스리는 한편 마음을 관찰하기 위한 과정이므로 죽음이 아니라 진화라고 말해야 마땅할 것입니다. 인간은 감각이 살아 있는 한 욕망으로부터 자유로워질 수 없지요. 그러나 몸에서 살과 피를 걷어 내면 상황이 달라집니다. 두개골은 어떤 것도 욕망하거나 미워하거나 고통스러워하지 않기 때문입니다. 나는 무언가를 욕망하는 자신을 향해 말하곤 합니다. 여기 내가 아닌 두개골 하나가 길을 가고 있다, 여기 내가 아닌 두개골 하나가 잠을 자고 있다, 여기 내가 아닌 두개골 하나가 히말라야를 바라보고 있다, 여기 내가 아닌 두개골 하나가 멀리서 온 두개골 하나와 대화를 나누고 있다고 중얼거리면서 마음의 작용을 관찰하는 겁니다. 그 과정을 거치면서 조금씩 자유로운 삶에 다가서는 것이지요."

나는 찬드로 바바의 말을 찬찬히 음미해 보았다. 그것은 내가 읽은 어떤 경전에서도 접해보지 못했던 수행 방식이었다.

"그런데 여기는 여행자가 드문 곳인데 어떻게 알고 찾아왔습니까?"

"오래전에 인도로 들어와 소식이 끊어진 아버님의 행방을 추적하던 중 우연히 피터라는 분을 만나 카사데비에 관한 이야기를 듣게 되었습니다."

찬드로 바바는 잠시 소나무 숲을 응시하다가 홍차에 설탕을 듬뿍 넣었다. 우리는 차를 마시면서 히말라야와 수행에 관한 얘기를 계속했다.

나는 조심스럽게 그의 신상에 관해 물었다.

"당신 말투에선 종종 이탈리아 사람의 억양이 느껴집니다. 혹시 최근에 그 나라를 여행한 적이 있으십니까?"

"그것은 내가 로마에서 태어나고 자랐기 때문입니다."

나는 하마터면 찻잔을 떨어뜨릴 뻔했다.

"그 말은 당신이 원래 이탈리아 사람이었다는 뜻입니까?"

"그렇습니다. 나는 열여덟 살까지 로마에서 살았습니다. 그렇지만 과거의 국적은 내게 아무런 의미가 없습니다. 수행자에겐 우리가 존재하는 여기, 그리고 현재가 중요한 법이지요."

나는 빙그레 웃고 있는 찬드로 바바를 정면으로 바라보았다. 그의 이목구비가 그제야 자세히 들어왔다. 강렬하면서도 깊이 가라앉은 눈빛과 햇볕에 그을린 검은 피부는 인도 수행자들의 모습과 조금도 다를 바 없었다. 다만 조각처럼 뚜렷한 콧날과 얼굴 윤곽에서 서구인의 특징이 조금 묻어날 뿐이었다.

찬드로 바바는 주름이 가득한 얼굴로 사람 좋게 웃었다. 쉽게 나이를 가늠할 수 없는 얼굴이었다.

나는 자리에서 일어나 두 손을 모으고 경의를 표했다.

"그렇다면 당신은 대체 인도에서 얼마나 많은 세월을 보낸 겁니까?"

"인도에서 지낸 지 어언 45년이 지났지만, 내 인생에서 아주 짧은 순간처럼 여겨지는군요."

나는 결례를 무릅쓰고 질문을 계속했다. 찬드로 바바가 인도에 처음 들어온 것은 스무 살 무렵이라고 했다. 그 후 히말라야를 전전하다가 어느 날 카사데비 골짜기에 자리를 틀게 되었다는 놀라운 이야기였다.

"나는 스승을 따라 히말라야에 들어온 후 한 번도 로마를 꿈꾸지 않았고 그럴 필요도 없었습니다. 그러므로 나를 인도 사람으로 착각한 것도 크게 틀린 것은 아닙니다. 나는 항상 여기에 있습니다. 히말라야 얘기를 더 나누고 싶다면 언제든 다시 찾아와도 좋습니다."

나는 그쯤에서 찬드로 바바에게 작별 인사를 올렸다. 저토록 많은 사람들의 이야기를 담고 있는 히말라야의 넉넉한 품이 새삼 경이로웠다. 어느덧 서쪽 하늘이 붉게 물들고 있었다. 멀리 만년설의 골짜기도 저녁놀을 받아 보석처럼 반짝거렸다.

다음 날 새벽, 나는 지프를 얻어 타고 일찌감치 산중 도시 알모라로 향했다. 쿠마온 히말라야 지역에서 가장 큰 산간도시 가운데 하나인 알모라는 명성에 걸맞게 시장도 크고 풍성했다. 토착민들인 쿠마온족만 분주하게 거리를 오가고 있을 뿐 한 사람의 외국인도 보이지 않았다. 나는 시장을 배회하다가 밀가루와 과일을 비롯해 온갖 야채를 듬뿍 사 들고 다시 카사데비로 돌아왔다.

사원 앞에서 모닥불을 피우고 있던 찬드로 바바가 만면에 웃음을 머금고 맞아 주었다. 오늘은 종아리까지 늘어졌던 긴 머리카락이 정수리 위로 가지런히 올라앉아 있었다. 단정하게 틀어 올린 머릿단이 라자스탄 사막에서 보았던 낙타몰이꾼의 터번을 연상케 했다.

나는 알모라에서 가져온 시장꾸러미를 찬드로 바바에게 내밀었다. 그는 익숙한 솜씨로 짧은 시간에 음식을 만들어 냈다. 잠시 후 우리는 점심을 먹기 위해 모닥불 앞에 마주 앉았다.

앉은뱅이 탁자 위엔 얇은 밀가루 빵인 짜파티 몇 장과 노란색 향료를 버무려 만든 감자 반찬이 놓여 있었다. 찬드로 바바는 세 개의 접시에 골고루 음식을 나누어 담았다. 다른 방문객이 또 찾아왔나 싶어 주위를 둘러보았지만 아무도 눈에 띄지 않았다.

내가 까닭을 묻자 찬드로 바바가 친절하게 설명해 주었다.

"여기 수행자들은 항상 세 사람 몫의 음식을 준비합니다. 하나는 자신이 먹기 위한 것이고, 다른 하나는 그대처럼 갑자기 찾아올지도 모를 길손을 위한 것이며, 나머지 하나는 주변에 사는 동물들을 위한 것입니다."

"항상 그렇게 한다는 말인가요?"

"그것이 예로부터 내려오는 수행자들의 전통입니다. 똑같은 물을 마시고도 뱀은 독을 만들고 소는 우유를 만드는 법인데, 그대는 이 음식을 통해 무엇을 만들 작정이십니까?"

"이제껏 그런 생각을 한 번도 해 보지 않았습니다만……."

"그대가 음식을 씹으면서 마음을 깊이 통찰한다면 그것도 하나의 훌륭한 명상이 될 수 있을 겁니다."

나는 수저가 없었으므로 찬드로 바바처럼 맨손으로 음식을 먹었다. 마치 오랜만에 소풍이라도 나온 기분이었다. 그가 차를 끓이는 동안 나는 계곡으로 내려가 설거지를 했다. 불현듯 아버지가 그리워졌다. 어쩌면 당신 역시 히말라야 어느 골짜기에서 찬드로 바바와 유사한 삶을 살고 계실지도 모를 일이었다.

나는 햇볕에 접시를 말리면서 하늘을 올려다보았다. 하늘은 구름 한 점 없이 푸르렀고, 설산에서 불어오는 바람 또한 더할 수 없이 향기로웠다.

얼마 후 우리는 찻잔을 앞에 놓고 마주 앉았다.

"그대의 눈빛을 보니 커다란 질문 보따리를 짊어지고 올라온 게 분명하군요. 어서 풀어 보시지요."

나는 어젯밤 내내 줄곧 떠나지 않던 의문을 꺼내 놓았다.

"찬드로 바바, 당신은 아주 젊은 나이에 이탈리아 로마에서 인도로 들어와 출가 수행자가 되었다고 말했습니다. 당신은 그동안 내가 만난 외국인 가운데 인도에서 가장 오래 머물고 계신 사람 가운데 한 명이기도 합니다. 대체 무엇이 당신의 삶을 히말라야에 붙들어 놓은 것인지요? 당신은 무슨 이유로 이렇게 깊은 곳에서 고독한 수행자의 길을 가고 있는 것입니까? 무엇보다도 당신이 그 오랜 세월 몸소 체험한 수행과 인도의 실체가 무엇인지 궁금합니다."

찬드로 바바는 잠시 설산을 바라보았다.

"어제도 말했듯이 나는 로마에서 태어났습니다. 천주교 성직자였던 부친의 영향을 받으며 자란 나는 어려서부터 자연스럽게 신과 인간의 관계에 대해 고민하지 않을 수 없었습니다. 나는 로마에서 종교 재단이 운영하는 고등학교를 다녔습니다만, 만족할 만한 답을 찾을 수 없었습니다. 나는 학교를 졸업한 후 운명처럼 동쪽을 향해 육로 여행을 시작했습니다. 그 당시 비행기를 제외하곤 타 보지 않은 것이 없었습니다. 굳이 항공편을 이용하지 않은 건 몸소 여러 대륙의 사람들과 마주치면서 그들의 삶을 이해하고 싶었기 때문이었습니다. 열아홉 살의 나는 그렇게 피레네 산맥을 넘고 아프리카 사막과 중동을 거쳐 드디어 1년 만에 인도에 도착했습니다. 그동안 생면부지의 숱한 인종과 문화를 겪으면서 한 살을 더 먹게 되었지요."

찬드로 바바는 젊은 날의 여정이 떠오른 듯 먼 곳을 응시하다 꼿꼿한 자세로 고쳐 앉았다.

"스무 살의 나는 인도에서 발길을 멈추었습니다. 지독한 혼돈, 내게 인도는 그렇게 시작되었습니다. 눈앞에 벌어진 엄청난 충격과 혼란의 소용돌이 속에서 한 걸음도 나아갈 수 없었습니다. 그 소용돌이는 내가 믿어 왔던 신을 순식간에 잠재워 버렸고, 가치관을 집어삼켰으며, 나 자신마저 송두리째 지워 버렸습니다. 처음으로 조우한 인도는 내게 지상의 모든 악덕과 혼돈이 꿈틀대는 지옥처럼 보였습니다. 그런데 알 수 없는 일이 일어났습니다. 천천히, 아주 천천히 그 한복판에서 신도 아니고 인간도 아닌, 어디로부터 연유한 것인지 알 수 없는 온기 같은 걸 느낄 수 있었습니다. 나는 델리의 싸구려 숙소에 틀어박힌 채 지독한 몸살을 앓으면서 한 달을 보냈습니다. 그리고 두 달쯤 지난 어느 날, 신에게 이르는 관문이라고 불리는 하리드와르에서 필연처럼 스승을 만나게 되었습니다."

찬드로 바바는 이미 식어 버린 차를 음미하듯 마셨다. 나는 턱을 괴고 앉아 그의 입이 다시 열리기를 기다렸다.

"지금, 그리고 여기에 존재하는 그대는 누구인가? 그대는 또 어디에서 왔는가?"

내 눈을 응시하던 찬드로 바바가 갑자기 나지막한 목소리로 질문을 던졌다. 그의 강렬한 눈빛에 나는 미처 대답할 말을 찾지 못하고 허둥댔다.

"하리드와르에서 만난 스승께서 내게 처음으로 던진 질문이 바로 그것이었습니다. 그것은 또한 내가 인도로 오는 동안 길 위에서 품었던 의문이기도 했습니다. 나는 그 자리에서 간단한 절차를 거친 후 제자가 되었고, 그분을 따라 히말라야 골짜기를 전전하기 시작했습니다. 본격적인 출가 수행자의 길로 입문한 셈이지요. 나는 그 과정에서 다양한 요기들을 만나는 행운을 누리기도 했습니다. 때로 갑자기 내린 폭설에 갇히면 바위 동굴로 스며들어 몇 달씩 길이 열리기를 기다려야 했지만 그다지 고독하지는 않았습니다. 오히려 내 안에 머물던 숱한 의문이 하나둘 사라지면서 온전한 기쁨이 찾아드는 걸 경험했습니다. 드디어 10년, 인도에서 그렇게 10년이 지나자 나는 신과 자아의 실체는 물론이고 지혜의 영역을 완벽하게 이해할 수 있었습니다."

나는 '완벽한 이해'라는 단어 앞에서 고개를 갸웃거렸다. 찬드로 바바가 식어 버린 찻잔을 빙글빙글 돌리면서 그런 나를 날카롭게 쏘아보았다.

"다시 말하지만 나는 인도에 온 지 10년이 지나자 수행의 모든 과정을 완벽하게 이해할 수 있었습니다. 아니, 그렇다고 생각했습니다. 나는 계속 히말라야를 걸었습니다. 그런데 20여 년의 세월이 지나자 다시 혼돈이 찾아들었습니다. 마치 인도에 처음 도착했을 때처럼 지독한 혼돈의 소용돌이가 나를 삼켜 버린 것이지요. 그러자 마음 관찰은 고사하고 나무 한 그루, 풀 한 포기의 의미조차 해석할 수 없었습니다. 나를 둘러싸고 있는 어떤 대상도 이해할 수 없게 되어 버린 것입니다. 나는 처음부터 다시 시작할 수밖에 없었습니다. 그렇게 먼 길을 돌아 30년의 세월이 지나자 비로소 내게 온전한 기쁨과 평화가 찾아들었습니다."

나는 점점 그에게 빠져들고 있었다.

"그동안 스승님은 세상을 떠나셨고, 나는 잠시 걸음을 멈추었다가 여기에 자리를 잡았습니다. 그러던 어느 날부터 대상을 이해하기 위해 애쓰지 않는 자신을 발견하게 되었습니다. 그렇습니다. 이제 나는 무언가를 이해하기 위한 어떤 노력도 기울이지 않습니다. 그저 마음에서 물결처럼 일어나고 사라지는 온갖 현상들을 지켜보고 받아들일 뿐입니다. 내 말을 이해할 수 있겠습니까?"

나는 대답하지 않았다. 찬드로 바바는 단전 깊숙이 숨을 들이 마셨다가 천천히 내뿜었다.

"내 말을 완벽하게 이해하려고 애쓰지 마십시오. 이해라는 개념이야말로 허우적거릴수록 깊이 빠져드는 수행자의 늪입니다. 나는 모릅니다. 창조주인 신과 히말라야와 풀 한 포기와 자아가 어떻게 다른지. 그러나 나는 압니다. 창조주인 신과 히말라야와 풀 한 포기와 자아가 다른 이름이 아니라는 사실을. 그것은 때로 손에 잡힐 듯 가까이 다가오기도 하고 먼 곳으로 사라지기도 합니다. 그것은 존재하기도 하고 존재하지 않기도 합니다. 다만 묵묵히 바라보고 관찰하는 일, 그것이야말로 내가 45년 동안 히말라야를 전전하며 건져 올린 한 마리의 황금 물고기였습니다."

찬드로 바바의 어법은 담담하면서도 명쾌했다. 그것은 45년이라는 긴 세월 동안 히말라야를 질료 삼아 벌였던 사투와 그 과정에서 건져 올린 황금 물고기라는 상징에 대한 치열한 개인사였다.

누가 인도 대지와 자아에 관해 그처럼 명료하게 설명할 수 있겠는가. 그동안 실종된 아버지를 찾아 여러 고장을 여행하면서 숱한 수행자를 만났지만 찬드로 바바 같은 사람은 만날 수 없었다. 인도 신화에 등장하는 황금 물고기는 바로 윤회의 굴레로부터 벗어나 비로소 자유로움을 획득한 깨달음의 다른 이름이기도 했다.

나는 존경의 표시로 그의 발등에 이마를 조아렸다.

"찬드로 바바, 당신의 내면에 세워진 고귀한 사원에 진심으로 경의를 표합니다. 당신은 비록 로마에서 태어났지만 이윽고 히말라야의 일부가 되어 버린 분이라고 여겨집니다. 당신처럼 인도와 일체가 된 수행자를 만날 수 있어 더없이 기쁩니다. 당신은 인도로 가는 과정 속에 있는 게 아니라 이미 인도의 가장 깊숙한 곳에 도달한 사람처럼 보이는군요."

찬드로 바바는 머리카락을 매만지던 손을 천천히 내저었다.

"아닙니다. 아둔한 나는 아직 히말라야와 일체가 되지 못했습니다. 아직 진정한 입구조차 발견하지 못했기 때문입니다. 그대처럼, 나는 지금도 여전히 인도로 가는 길 위에 있다고 말해야 온당할 것입니다. 인도는 멀고, 나의 고단한 여정은 아직 끝나지 않았습니다. 그러나 얼마 전 나는 비로소 인도에 도달한, 아니 히말라야와 완전히 육화된 수행자를 만날 수 있었습니다. 그분이야말로 진정 인도와 일체가 되었다고 말할 수 있을 것입니다. 옴 나무 시바헤!"

"그는 어떤 사람이었습니까?"

찬드로 바바는 불을 뒤적거린 다음 찻주전자를 올려놓았다. 그런 일련의 동작 속에서도 꼿꼿한 앉음새는 여전했다.

"지금 생각해도 그분을 만난 건 행운이었습니다. 그는 당신처럼 한국인이었고, 예순 살쯤 되어 인도 동쪽 관문인 콜카타를 통해 히말라야로 들어왔다고 말했습니다. 그분은 얼마 지나지 않아 나처럼 수행자가 되었습니다. 그는 전생부터 수행을 해 온 사람처럼 보였습니다. 나는 간혹 그와 함께 히말라야 성지를 순례했습니다. 몇 해 전 가을, 그는 시바 신을 모신 케다르나트 골짜기의 한 동굴에서 고행에 들어갔습니다. 그렇게 시작된 고행은 인간의 마을에서 흘려보낸 세월을 보상이라도 하겠다는 듯 처절할 정도였습니다. 그가 수행처로 삼은 동굴은 해발 3천 미터에 위치한 척박한 곳이었습니다. 혹독한 추위와 폭설로 인해 사람들이 우타르카쉬와 리시케시로 철수하는 겨울이 다가왔지만 그는 단호하게 하산을 거부했습니다. 나는 물론이고 누구도 그를 만류할 수 없었습니다."

찬드로 바바는 감회에 젖은 듯 눈을 들어 다시 설산을 바라보았다. 그의 시선이 향하는 어딘가에 케다르나트가 있을 터였다.

나는 갑자기 시작된 오한으로 흠칫, 몸을 떨었다.

"이듬해 봄, 나는 얼어붙은 길이 열리기를 기다렸다가 서둘러 케다르나트로 올라갔습니다. 동굴엔 한 점의 온기도 남아 있지 않았습니다. 그는 이미 굶주린 히말라야 산짐승의 먹이가 되어 버렸던 것입니다. 나는 바닥에 흩어진 두개골과 몇 개의 뼈를 수습해 산을 내려올 수밖에 없었습니다."

나는 몸이 떨려와 숨조차 크게 내쉴 수 없었다.

"니르띠야 사두, 그분이야말로 마침내 인도라는 대상에 도달한 수행자였습니다. 죽음이야말로 대상과의 진정한 합일입니다. 다시 말하지만 나는 아직 인도로 가는 과정에 있다고 말해야 마땅할 것입니다. 옴."

언제부터인지 유채꽃이 만발한 마을 중턱으로부터 수많은 나비 떼가 날아들고 있었다. 나는 심호흡을 했다. 내 안에서 시작된 오한은 좀처럼 진정되지 않았다. 나는 손이 떨리는 걸 감추기 위해 슬그머니 찻잔을 내려놓았다. 찬드로 바바가 걱정스런 눈길로 나를 바라보았다.

나는 건조한 목소리로 물었다.

"혹시, 저 사원에 모셔진 두개골이 그분의 것인가요?"

"그래요, 그렇습니다. 옴 나무 시바헤, 옴 나무 시바헤, 옴 나무……."

나비 떼는 함박눈처럼 흩날리며 계속 불어났다. 몇 해 전 티베트 망명정부가 있던 다람살라 골짜기에서 마주친 풍경과 아주 흡사했다. 찬드로 바바의 낭랑한 기도 소리에 홀린 듯 수천, 수만 마리의 나비 떼가 만들어 낸 군무는 비현실적이어서 더욱 아름다웠다.

잠시 후 나는 독주에 취한 사람처럼 비틀거리며 사원으로 걸음을 옮겼다. 길을 잃고 사원 안으로 날아든 나비 몇 마리가 두개골 앞에서 부드럽게 날개를 치고 있었다. 나는 무릎을 꿇고 향을 피웠다. 이상하게도 눈물은 흘러나오지 않았다.

이윽고 날이 저물고 있었다. 두개골을 가슴에 끌어안고 밖으로 나오자 멀리 만년설의 봉우리들이 저녁 햇살을 받아 황금 비늘처럼 반짝였다. 나는 설산의 봉우리를 향해 거듭해서 절을 올렸다.

히말라야 마부 고팔

나마스테!

저는 히말라야의 마부 고팔입니다. 이 암말의 이름은 세탄이라고 하지요. 시바 신의 성지 케다르나트 순례에 오신 걸 진심으로 환영합니다. 저는 어제부터 줄곧 당신의 뒷모습을 지켜보고 있었답니다. 그렇다고 이상하게 생각하실 건 없어요. 한쪽 발을 절고 있는 당신이 걱정되어 그랬던 거니까요.

그 발은 어쩌다가 다친 거지요? 쯧쯧, 그렇다면 비좁은 비탈에서 말을 피하다가 넘어진 거로군요. 그 정도로 끝난 걸 시바 신의 가호로 여기세요. 이건 상식이지만 비탈길에서 말과 마주치면 반드시 낭떠러지와 반대편으로 몸을 피해야 합니다. 무의식중에 낭떠러지 방향으로 몸을 피했다간 자칫 말의 옆구리나 엉덩이에 치여 황천길로 떨어지기 쉬우니까요. 그건 시바 신의 가호로도 어찔 수 없는 일이랍니다.

어쨌든 그런 상태로는 날이 저물어도 14킬로미터나 떨어진 가우리쿤드 마을에 당도할 수 없을 겁니다. 아, 요금은 걱정하지 마세요. 당신 같은 순례자에게 불행을 미끼로 바가지를 씌운다면 시바 신께서 용서하지 않으시니까. 저는 어차피 빈 말을 데리고 산을 내려가야 하므로 당신에겐 평소의 절반 값인 3백 루피만 받을 생각입니다. 당신이 저보다 가난한 순례자라면 더 깎아드릴 수도 있으니 걱정하지 마십시오.

사실 케다르나트 성지는 걸어서 오르내리는 것도 좋지만 발을 디딜 때마다 여간 주의가 필요한 게 아닙니다. 자칫 설산 풍경에 눈이 팔려 발을 헛디뎠다간 단숨에 저승까지 굴러떨어질 수 있으니까요. 히말라야 골짜기를 오르내리노라면 이승과 저승의 경계가 반 뼘도 되지 않는다는 진리를 손쉽게 깨달을 수 있지요.

저는 평생 동안 이 골짜기를 벗어난 적이 한 번도 없답니다. 솜털이 보송보송하던 열 살 무렵부터 순례자들을 말에 태우고 가우리쿤드와 케다르나트 사이를 오르내려야 했지요. 저는 학교 근처엔 가 본 적도 없지만, 순례자나 성스러운 요기들과 이 길을 오르내리면서 약간의 지혜를 배울 수 있었답니다. 몇 차례쯤 여길 왕복했느냐고요? 정확한 건 신께서 아시겠지만 아마 만 번도 넘을 거예요. 왕복 28킬로미터나 되는 순례길 가운데 저와 세탄의 발자국이 찍히지 않은 곳은 거의 없을 테니까요.

우리 할아버지의 할아버지가, 다시 그 할아버지의 할아버지들이 그랬던 것처럼 저도 이 골짜기에서 태어나 잔뼈가 굵었고, 여기서 결혼했으며, 시바 신의 은총으로 아이를 다섯이나 갖게 되었습니다. 언젠가는 저도 그분들과 똑같은 방식으로 인생을 마감하겠지요.

우리 아버님 말씀에 따르면 히말라야는 신 그 자체라고 하더군요. 그분은 마부가 아니라 가마꾼이셨지요. 저기 모퉁이를 돌아 막 올라오는 네 명의 가마꾼이 보이지 않나요? 그 당시 말을 소유할 수 없었던 가난한 아버님은 형제들과 저런 가마를 둘러메고 어깨가 짓무르도록 순례자를 실어 날랐답니다. 험한 산길을 오르지 못하는 아녀자나 죽음을 앞둔 노약자들이 주로 가마를 이용했지요.

저는 그런 부친에게서 불평 같은 걸 들어 본 기억이 없습니다. 일생에 한 번이라도 히말라야 성지를 순례할 수 있다면 그보다 더 큰 축복이 없을진대, 아버님 형제들은 겨울철과 우기를 제외하곤 거의 날마다 여길 오르내렸으니까요.

당신은 어떤 신을 믿는지요? 모든 신들을 경배한다고요? 당신은 참으로 넓은 사원을 품고 사는 축복 받은 사람이군요. 우리 인도에선 모든 사람을 각자 하나의 신성한 사원이라고 생각합니다. 모든 사람이 자기 내면에 신성한 사원이 있다는 사실을 깨닫고 살아간다면 세상이 얼마나 아름다워질까요.

그런데 어제 케다르나트 골짜기에 뭔가 재 같은 걸 뿌리시던데 그게 뭐였지요? 아, 죄송합니다. 아까도 말씀드렸지만, 우연히 당신을 지켜보다가 알게 되었을 뿐입니다. 제가 괜한 걸 물었다면 용서하십시오.

아, 당신은 돌아가신 부모님의 뼛가루를 골짜기에 뿌린 거였군요. 그렇다면 그분들은 머지않아 히말라야에서 다시 태어나게 될 겁니다. 사실 우리는 타고 남은 재를 무척 신성한 것으로 여긴답니다. 한때 화장터를 전전하며 수행하던 시바 신도 온몸에 재를 바르셨다고 하지요.

이건 해마다 라자스탄 사막에서 케다르나트까지 도보로 순례하던 어떤 요기로부터 들은 이야긴데요. 이 우주와 인간은 끝없는 욕망으로 인해 항상 불타고 있답니다. 그 욕망이 모두 타 버리고 남은 재야말로 세상에서 가장 순수한 거라고 말씀하시더군요. 한갓 마부에 불과한 저로선 그게 무슨 말인지 알아들을 수 없었지만, 시바 신이 온몸에 재를 바르고 다닌 걸로 미루어 틀림없이 신성할 거란 정도는 알고 있습니다. 그 요기의 말씀대로라면 당신의 부친 역시 순수하고 신성한 세계로 돌아간 셈이로군요.

손님, 여기서 차라도 마시며 잠시 쉬도록 합시다. 세탄에게도 잠깐의 휴식과 새참이 필요하거든요. 여긴 케다르나트와 가우리 쿤드의 중간에 해당하는 간이역 같은 마을입니다. 이곳 람바라상인들은 겨울이 다가오면 폭설과 추위 때문에 상점을 비우고 아랫마을로 철수하지요.

그런데 한 가지 물어 봐도 좋을까요? 사실은 제가 어제 조금 이상한 꿈을 꾸었거든요. 원래 저는 꿈을 잘 기억하지 못하는 편인데, 그것이 어찌나 생생하던지 마치 실제로 일어났던 현실처럼 여겨지더군요. 그런데 아무리 생각해도 그 꿈이 무엇을 의미하는지 알 수가 없는 거예요. 당신처럼 많은 성지를 순례한 사람이라면 지혜가 남달라서 금방 이해할 수 있을 테니 해몽 좀 해 주세요.

어젯밤 꿈에 저는 케다르나트에서 6킬로미터쯤 더 들어간 바수키 호수로 순례 여행을 떠났습니다. 평소엔 찾는 사람이 거의 없는 하늘 호수인데, 저도 마부를 하면서 세 번밖에 올라가지 못한 아주 팍팍한 길이랍니다.

바수키엔 평소와 달리 많은 순례자들이 머물고 있었어요. 그들은 마치 소풍을 나온 듯 한가로이 호숫가를 거닐고 있었지요. 저는 빙하가 녹아 만들어진 호수에서 차가운 물로 목욕을 했습니다. 온몸이 추위로 인해 바늘로 찌르는 것처럼 아팠지만, 그동안 순례자들에게 바가지를 씌운 죄가 씻기고 내세에 좋게 태어날 수 있다는 일념으로 참아 냈습니다. 드디어 목욕을 마치고 밖으로 나오자 얼마 떨어지지 않은 곳에 사람들이 잔뜩 모여 있더군요. 나는 엄청난 황금 물고기라도 잡은 게 아닌가 싶어 천천히 가 보았지요.

제가 거기서 무엇을 보았는지 아십니까? 오, 신이시여! 대체 그게 어찌 된 일인지요, 어떻게 그런 일이 가능하더란 말입니까!

당신의 눈은 대관절 무엇을 보았기에 그처럼 호들갑을 떠느냐고 묻고 있군요. 손님, 놀라지 마십시오. 제가 바수키 호수에서 본 것은 황금 물고기가 아니라 방금 물에서 건져 낸 하나의 주검이었어요. 그것도 다른 사람이 아닌 바로 제 자신의 주검이더란 말입니다. 저는 이제껏 누구에게도 그런 종류의 꿈은 물론이려니와 비슷한 얘기조차 들은 적이 없습니다. 심지어 별처럼 무수한 성자들의 일화에서조차 들어 보지 못했지요.

저는 웅성거리는 사람들 틈에서 하나의 주검, 아니 나의 시신을 한참 동안 들여다보았습니다. 혹시라도 사람들에게 그 주검과 내가 똑같이 생겼다는 사실이 알려지면 소동이 일어날까봐 몇 걸음 물러서긴 했지만 눈길을 거둘 수 없었습니다. 다행히 구경꾼들은 바로 곁에 있는 마부의 존재 따위엔 관심조차 없더군요.

손님, 한번 생각해 보십시오. 호숫가에서 자신의 주검을 바라보고 서 있는 늙은 마부의 황당한 모습을. 무섭지 않았느냐고요? 아뇨, 정말이지 두려움 같은 건 조금도 없었습니다. 그보다 몇 가지 의문과 함께 뭔가 이상하게 돌아간다는 복잡한 감정 상태가 저를 지배하고 있었지요. 비록 꿈에서 벌어진 일이었지만, 그 순간의 내겐 너무나 생생하고도 사실적인 사건이었습니다.

한편으로 그 모든 상황이 꿈이었으면 좋겠다는 생각이 들더군요. 꿈속에서 또 다른 꿈을 꾸는 건 아닌가, 하는 생각도 들었고요. 그 모든 상황이 현실이 아닐 거라는 의문이 들자 저는 멀찍이 물러나 채찍으로 허벅지를 힘껏 갈겨 보았습니다. 눈물이 쏙 빠질 정도로 아프더군요.

그렁그렁한 눈물을 훔쳐 내며 몇 번이나 주검을 살펴보았는데 틀림없는 나의 몸뚱이였어요. 아침마다 거울을 보며 확인하던 머리카락과 콧수염, 이마의 주름살, 왼팔에 난 검은 반점, 여기 손목에 새겨진 삼지창 문신에 이르기까지 모든 것이 완벽하게 똑같았으니까.

그런데 한순간, 정신이 번쩍 들었습니다. 저 죽은 자와 그를 바라보며 채찍으로 허벅지를 휘갈긴 자는 대체 어떤 관계란 말인가? 그렇다면 내가 둘이란 말인가, 마침내 내가 하나로써 존재해야 한다면 그 둘 가운데 진정한 나는 어느 쪽이란 말인가?

그렇게 혼란 속에 빠져 있던 저는 잠에서 깨어나서야 현실로 돌아올 수 있었습니다. 어둠 속에서 온몸을 구석구석 만져 보았는데, 살아 있다는 게 얼마나 고맙고 달콤하던지 마치 악마 라바나를 쳐부수고 귀향하던 라마의 날개 달린 전차라도 얻어 탄 기분이었습니다. 그런데 한쪽 가슴이 어찌나 쓸쓸하고 허전하던지 세상의 어떤 걸로도 채워지지 않을 것 같은 상실감이 찾아들었습니다.

그런데 손님께선 무슨 이유로 저를 그토록 빤히 쳐다보시지요? 당신에게도 제 얘기가 충격적으로 들리셨나요? 저는 그 이상한 꿈 이야기를 가족은 물론 어느 누구에게도 말하지 않을 작정입니다. 그렇지만 저는 분명히 내 주검을 보았습니다. 손님, 제가 본 주검의 정체는 과연 무엇이었을까요?

허허, 손님도 제법 농담을 좋아하시는군요. 저처럼 가엾은 마부를 놀린다면 점잖은 분이 아니지요. 아니, 진짜 당신도 얼마 전에 똑같은 꿈을 꾼 적이 있다고요? 시바 신이여, 어떻게 그런 일이 사람을 바꾸어 가며 연속으로 일어날 수 있단 말입니까! 생판 다른 사람이 그토록 놀라운 꿈을 똑같이 꾸어 낼 수 있다니 신의 섭리는 놀랍기 짝이 없군요.

오, 멀리서 온 형제여! 도저히 불가능한 일처럼 여겨지지만, 그 말이 사실이라면 저는 손님에게 한 푼도 받지 않겠습니다. 왜냐하면 당신이야말로 지상에서 그 꿈의 의미를 알고 있는 유일한 분이라고 여겨지기 때문입니다.

그렇지 않다고 하셨나요? 당신 말처럼 그 답을 자신의 내면에서 찾아야 하는 거라면 머리가 나쁜 저로서는 영영 불가능한 일이 되겠군요. 저는 말에 관한 일이라면 신들과 내기를 걸어도 좋을 만큼 많이 아는 편이지만 머리를 쓰는 일엔 아주 젬병이거든요.

이야, 세탄! 날이 저물기 전에 걸음을 서둘러야겠군요. 저는 마부라는 직업에 싫증을 느낀 적이 없습니다. 가마꾼이던 아버님에 비하면 말을 세 필이나 가졌으니 제법 부유한 축에 속한다고 봐야지요. 다행히 아이들도 건강해서 제가 병이 나면 대신 말을 몰아 주기도 한답니다. 이제 한 달 후 장남이 결혼하면 집안을 그놈에게 맡기고 저는 바수키 호수나 더 깊은 히말라야로 들어가 출가 수행자가 될 생각입니다. 혹시 모르지요. 그러다 보면 시바 신의 계시로 그 의미를 깨닫게 될 날이 올는지.

어쨌든 저는 누구보다 열심히 수행해서 다음 세상엔 델리 같은 대도시에서 환생하고 싶습니다. 바퀴가 네 개 달린 택시를 운전해 보는 게 저의 오랜 꿈이거든요. 당연히 신께서도 제 소원을 들어주실 거라 믿습니다.

드디어 가우리쿤드 마을의 불빛이 보이는군요. 손님, 어젯밤 꿈에 관해 마지막으로 한 번만 더 여쭙겠는데요. 지금 당신과 함께 걷는 저는 죽어 있던 자일까요, 아니면 그를 지켜보며 채찍으로 종아리를 갈겼던 자일까요? 이 가엾은 마부가 정말 그 꿈을 꾸긴 한 걸까요?

누군가 그 답을 가르쳐 준다면 말 한 필쯤 줘 버려도 아깝지 않을 것 같습니다만, 평생 동안 같은 골짜기만 오르내리며 늙어 버린 마부의 눈에는 말이지요, 우화 같은 현세의 삶이라는 게 전생의 또 다른 내가 꾸어 내는 한 자락 꿈에 불과한 건 아닌지 모르겠다는 생각이 들기도 하는군요.

과연 이 의문에 답해 줄 수 있는 자는 누구일까요?